EL TRAGALUZ

—

EL SUEÑO DE LA RAZÓN

COLECCIÓN AUSTRAL
N.º 1496

ANTONIO BUERO VALLEJO

EL TRAGALUZ

—

EL SUEÑO DE LA RAZÓN

ESPASA-CALPE, S. A.
MADRID

Edición especialmente autorizada por el autor para la

COLECCIÓN AUSTRAL

© *Antonio Buero Vallejo, 1967, 1970*

—

Depósito legal: M. 27.335—1970

Printed in Spain

Acabado de imprimir el día 22 de diciembre de 1970

Talleres tipográficos de la Editorial Espasa-Calpe, S. A.
Carretera de Irún, km. 12,200. Madrid-20

ÍNDICE

EL TRAGALUZ

(EXPERIMENTO)

Esta obra se estrenó la noche del 7 de octubre de 1967, en el teatro Bellas Artes, de Madrid, con el siguiente

REPARTO

(Por orden de intervención)

ELLA.................................	*Carmen Fortuny.*
ÉL....................................	*Sergio Vidal.*
ENCARNA.............................	*Lola Cardona.*
VICENTE.............................	*Jesús Puente.*
EL PADRE............................	*Francisco Pierrá.*
MARIO...............................	*José María Rodero.*
LA MADRE............................	*Amparo Martí.*
ESQUINERA (no habla).................	*Mari Merche Abreu.*
CAMARERO (no habla).................	*Norberto Minuesa.*

VOCES Y SOMBRAS DE LA CALLE.

Derecha e izquierda, las del espectador

Dirección escénica: JOSÉ OSUNA.

NOTA: Los fragmentos encerrados entre corchetes fueron suprimidos en las representaciones.

El experimento suscita sobre el espacio escénico la impresión, a veces vaga, de los lugares que a continuación se describen.

El cuarto de estar de una modesta vivienda instalada en un semisótano ocupa la escena en sus dos tercios derechos. En su pared derecha hay una puerta. En el fondo, corto pasillo que conduce a la puerta de entrada a la vivienda. Cuando ésta se abre, se divisa la claridad del zaguán. En la pared derecha de este pasillo está la puerta del dormitorio de los padres. En la de la izquierda, la puerta de la cocina.

La pared izquierda del cuarto de estar no se ve completa: sólo sube hasta el borde superior de la del fondo, en el ángulo que forma con ella, mediante una estrecha faja, y en su parte inferior se extiende hacia el frente formando un rectángulo de metro y medio de alto.

Los muebles son escasos, baratos y viejos. Hacia la izquierda hay una mesa camilla pequeña, rodeada de dos o tres sillas. En el primer término de la derecha, silla contra la pared y, ante ella, una mesita baja. En el rectángulo inferior de la pared izquierda, un vetusto sofá. Algunas sillas más por los rincones. En el paño derecho del fondo, una cómoda. La jarra de agua, los vasos, el frutero y el cestillo del pan que sobre ella descansan muestran que también sirve de aparador. Sobre la mesita de la derecha hay papeles, un cenicero y algún libro. Por las paredes, clavados con chinchetas, retratos de artistas y escritores recortados de revistas, postales de obras de arte y reproducciones de cuadros

famosos arrancadas asimismo de revistas, alternan con
algunos viejos retratos de familia.

El amplio tragaluz que, al nivel de la calle, ilumina
al semisótano, es invisible: se encuentra en la cuarta
pared y, cuando los personajes miman el ademán de
abrirlo, proyecta sobre la estancia la sombra de su reja.

El tercio izquierdo de la escena lo ocupa un bloque
cuyo lado derecho está formado por el rectángulo inferior de la pared izquierda del cuarto de estar. Sobre
este bloque se halla una oficina. La única pared que de
ella se ve con claridad es la del fondo, que forma ángulo recto con la estrecha faja de pared que, en el cuarto de estar, sube hasta su completa altura. En la derecha de esta pared y en posición frontal, mesa de despacho y sillón. En la izquierda y contra el fondo, un
archivador. Entre ambos muebles, la puerta de entrada.
En el primer término izquierdo de la oficina y de perfil, mesita con máquina de escribir y silla. En la pared
del fondo y sobre el sillón, un cartel de propaganda
editorial en el que se lee claramente *Nueva Literatura*
y donde se advierten textos más confusos entre foto-
grafías de libros y de escritores; algunas de estas cabezas son idénticas a otras de las que adornan el cuarto
de estar.

Ante la cara frontal del bloque que sostiene la oficina, el velador de un cafetín con dos sillas de terraza.
Al otro lado de la escena y formando ángulo con la
pared derecha del cuarto de estar, la faja frontal, roñosa
y desconchada, de un muro callejero.

Por la derecha e izquierda del primer término, espacio para entradas y salidas.

En la estructura general no se advierten las techum-
bres; una extraña degradación de la luz o de la materia
misma vuelve imprecisa la intersección de los lugares
descritos; sus formas se presentan, a menudo, borrosas
y vibrátiles.

La luz que ilumina a la pareja de investigadores es
siempre blanca y normal. Las sucesivas iluminaciones

de las diversas escenas y lugares crean, por el contrario,
constantes efectos de lividez e irrealidad.

> *(Apagadas las luces de la sala, entran por
> el fondo de la misma* ELLA *y* ÉL: *una joven
> pareja vestida con extrañas ropas, propias
> del siglo a que pertenecen. Un foco los ilumi-
> na. Sus movimientos son pausados y elásticos.
> Se acercan a la escena, se detienen, se vuel-
> ven y miran a los espectadores durante unos
> segundos. Luego hablan, con altas y tranqui-
> las voces.)*

ELLA.—Bien venidos. Gracias por haber querido presenciar nuestro experimento.

ÉL.—Ignoramos si el que nos ha correspondido [rea-
lizar] a nosotros dos os parecerá interesante.

ELLA.—Para nosotros lo ha sido en alto grado. *(Mira,
sonriente, a su pareja.)* ¿Se decía entonces «en alto
grado»?

ÉL.—Sí. *(A los espectadores.)* La pregunta de mi
compañera tiene su motivo. Os extrañará nuestro tosco
modo de hablar, nuevo en estas experiencias. El Consejo ha dispuesto que los experimentadores usemos el
léxico del tiempo que se revive. Os hablamos, por ello,
al modo del siglo veinte, y en concreto, conforme al
lenguaje de la segunda mitad de aquel siglo, ya tan
remoto. *(Suben los dos a la escena por una escaleri-
lla y se vuelven de nuevo hacia los espectadores.)* Mi
compañera y yo creemos haber sido muy afortunados
al realizar este experimento [por una razón excep-
cional]: la historia que hemos logrado rescatar del pasado nos da, explícita ya en aquel [lejano] tiempo, *la
pregunta.*

ELLA.—Como sabéis, *la pregunta* casi nunca se encuentra en las historias de las más diversas épocas que
han reconstruido nuestros detectores. En la presente
historia la encontraréis formulada del modo más sor-
prendente.

ÉL.—Quien la formula no es una personalidad nota-
ble, [nadie de quien guardemos memoria.] Es un ser
oscuro y enfermo.

ELLA.—La historia es, como tantas otras, oscura y
singular, pues hace siglos que comprendimos de nuevo
la importancia... *(A su pareja.)* ¿Infinita?

ÉL.—Infinita.

ELLA.—La importancia infinita del caso singular. Cuando estos fantasmas vivieron solía decirse que la mirada
a los árboles impedía ver el bosque. Y durante largas
etapas llegó a olvidarse que también debemos mirar a
un árbol tras otro para que nuestra visión del bosque
[..., como entonces se decía...,] no se deshumanice. Finalmente, los hombres hubieron de aprenderlo para no
sucumbir, y ya no lo olvidaron.

> (ÉL *levanta una mano, mirando al fondo y
> a los lados de la sala. Oscilantes ráfagas de
> luz iluminan a la pareja y al telón.*)

ÉL.—Como los sonidos son irrecuperables, los diálo-
gos se han restablecido mediante el movimiento de los
labios y añadido artificialmente. Cuando las figuras se
presentaban de espaldas [o su visualidad no era clara],
los calculadores electrónicos... *(A su pareja.)* ¿Se llama-
ban así [entonces]?

ELLA.—Y también computadores, o cerebros.

ÉL.—Los calculadores electrónicos han deducido las
palabras no observables. Los ruidos naturales han sido
agregados asimismo.

ELLA.—Algunas palabras procedentes del tragaluz se
han inferido igualmente mediante los cerebros electrónicos.

ÉL.—Pero su condición de fenómeno real es, ya lo
comprenderéis, más dudosa.

ELLA.—*(Su mano recomienda paciencia.)* Ya lo comprenderéis...

ÉL.—Oiréis además, en algunos momentos, un ruido
extraño. [No pertenece al experimento y] es el único

sonido que nos hemos permitido incluir por cuenta propia.

ELLA.—Es el ruido de aquella desaparecida forma de locomoción llamada ferrocarril [y lo hemos recogido de una grabación antigua.] Lo utilizamos para expresar escondidas inquietudes que, a nuestro juicio, debían destacarse. Oiréis, pues, un tren; o sea un pensamiento.

(*El telón se alza. En la oficina, sentada a la máquina,* ENCARNA. VICENTE *la mira, con un papel en la mano, sentado tras la mesa de despacho. En el cuarto de estar* EL PADRE *se encuentra sentado a la mesa, con unas tijeras en la mano y una vieja revista ante él; sentado a la mesita de la derecha, con un bolígrafo en la mano y pruebas de imprenta ante sí,* MARIO. *Los cuatro están inmóviles. Ráfagas de luz oscilan sobre ambos lugares.*)

ÉL.—Como base de la experiencia, unos pocos lugares que los proyectores espaciales mantendrán simultáneamente visibles, [aunque no siempre con igual nitidez.] (*Señala a la escena.*) En este momento trabajan a rendimiento mínimo y las figuras parecen inmóviles; actuarán a ritmo normal cuando les llegue su turno. [Os rogamos atención: el primer grupo de proyectores está llegando al punto idóneo...] (*Las ráfagas de luz fueron desapareciendo. En la oficina se amortigua la vibración luminosa y crece una viva luz diurna. El resto de la escena permanece en penumbra.* ENCARNA *empieza, muy despacio, a teclear sobre la máquina.*) La historia sucedió en Madrid, capital que fue de una antigua nación llamada España.

ELLA.—Es la historia de unos pocos árboles, ya muertos, en un bosque inmenso.

(ÉL *y* ELLA *salen por ambos laterales. El ritmo del tecleo se vuelve normal, pero la mecanógrafa no parece muy rápida ni muy se-*

gura. En la penumbra del cuarto de estar EL
PADRE *y* MARIO *se mueven de tanto en tanto
muy lentamente.* ENCARNA *copia un papel
que tiene al lado. Cuenta unos veinticinco
años y su físico es vulgar, aunque no carece
de encanto. Sus ropas, sencillas y pobres.* VI-
CENTE *parece tener unos cuarenta o cuarenta
y un años. Es hombre apuesto y de risueña
fisonomía. Viste cuidada y buena ropa de
diario. En su izquierda, un grueso anillo de
oro.* ENCARNA *se detiene, mira perpleja a* VI-
CENTE, *que la sonríe, y vuelve a teclear.)*

ENCARNA.—Creo que ya me ha salido bien.
VICENTE.—Me alegro.

(ENCARNA *teclea con ardor unos segundos.
Suena el teléfono.)*

ENCARNA.—¿Lo tomo?
VICENTE.—Yo lo haré. *(Descuelga.)* Diga... Hola, Juan.
(Tapa el micrófono.) Sigue, Encarnita. No me moles-
tas. (ENCARNA *vuelve a teclear.)* ¿Los membretes? Mientras no se firme la escritura no debemos alterar el nombre de la Editora... ¿Cómo? Creí que aún teníamos una
semana [por delante... Claro que asistiré.] (ENCARNA *saca
los papeles del carro.)* ¡No he de alegrarme, [hombre!]
¡Ahora sí que vamos a navegar con viento de popa!...
No. De la nueva colección, el de más venta es el de
Eugenio Beltrán, y ya hemos contratado para él tres
traducciones... Naturalmente: la otra novela de Beltrán
pasa a la imprenta en seguida. Pasado mañana nos firma el contrato. Aún no la he mandado porque la estaba
leyendo Encarnita. [*(Sonríe.)* Es un escritor a quien
también ella admira mucho...] *(Se lleva una sorpresa
mayúscula.)* ¿Qué dices?... ¡Te atiendo, te atiendo! *(Frunce las cejas, disgustado.)* Sí, sí. Comprendo... Pero escucha... ¡Escucha, hombre!... ¡Que me escuches, te digo!
Hay una serie de problemas que... Espera. *(Tapa el mi-*

crófono.) Oye, Encarnita: ¿me has reunido las revistas y las postales?

ENCARNA.—Es cosa de un momento.

VICENTE.—Hazlo ya, ¿quieres? *(Mira su reloj.)* Nos vamos en seguida; ya es la hora.

ENCARNA.—Bueno.

(Sale por el fondo.)

VICENTE.—*(Al teléfono.)* Escucha, Juan. Una cosa es que el grupo entrante intervenga en el negocio y otra [muy distinta] que trate de imponernos sus fobias literarias, o políticas, o lo que sean. [No creo que debamos permitir...] ¡Sabes muy bien a qué me refiero!... ¿Cómo que no lo sabes? ¡Sabes de sobra que se la tienen jurada a Eugenio Beltrán, [que lo han atacado por escrito, que...]. *(Se exalta.)* ¡Juan, hay contratos vigentes, y otros en puertas!... ¡Atiende, hombre!... *(De mala gana.)* Sí, sí, te oigo... *(Su cara se demuda; su tono se vuelve suave.)* No comprendo por qué llevas la cuestión a ese terreno... Ya sé que no hay nadie insustituible, y yo no pretendo serlo... Por supuesto: la entrada del nuevo grupo me interesa tanto como a ti... *(Escucha, sombrío.)* Conforme... *(Da una iracunda palmada sobre la mesa.)* ¡Pues tú dirás lo que hacemos!... [¡A ver! ¡Tú mandas!...] Está bien: ya pensaré lo que le digo a Beltrán. [Pero ¿qué hacemos si hay nuevas peticiones de traducción?... Pues también torearé ese toro, sí, señor...] *(Amargo.)* Comprendido, Juan. ¡Ha muerto Beltrán, viva la Editora!... ¡Ah, no! En eso te equivocas. Beltrán me gusta, pero admito que se está anquilosando... Una lástima. (ENCARNA *vuelve con un rimero de revistas ilustradas, postales y un sobre. Lo pone todo sobre la mesa. Se miran. El tono de* VICENTE *se vuelve firme y terminante.)* Comparto tu criterio; puedes estar seguro. No estamos sólo para ganar cuartos [como tenderos], sino para velar por la nueva literatura... Pues siempre a tus órdenes... Hasta mañana. *(Cuelga y se queda pensativo.)* Mañana se firma la nueva escritura, Encarna. El grupo

que entra aporta buenos dineros. Todo va a mejorar,
y mucho.

ENCARNA.—¿Cambiaréis personal?

VICENTE.—De aquí no te mueves, ya te lo he dicho.

ENCARNA.—Ahora van a mandar otros tantos como
tú... [Y no les gustará mi trabajo.]

[VICENTE.—Yo lo defenderé.]

[ENCARNA].—Suponte que te ordenan echarme...

[VICENTE.—No lo harán.

ENCARNA.—¿Y si lo hacen?]

VICENTE.—Ya te encontraría yo otro agujero.

ENCARNA.—*(Con tono de decepción.)* ¿Otra... oficina?

VICENTE.—¿Por qué no?

ENCARNA.—*(Después de un momento.)* ¿Para que me
acueste con otro jefe?

VICENTE.—*(Seco.)* Puedo colocarte sin necesidad de
eso. Tengo amigos.

ENCARNA.—Que también me echarán.

VICENTE.—*(Suspira y examina sus papeles.)* Tonterías.
No vas a salir de aquí. *(Consulta su reloj.)* ¿Terminaste
la carta?

ENCARNA.—*(Suspira.)* Sí.

> *(Va a la máquina, recoge la carta y se la
> lleva. Él la repasa.)*

VICENTE.—¡Mujer!

> *(Toma un lápiz rojo.)*

ENCARNA.—*(Asustada.)* ¡«Espléndido» es con «ese»!
¡Estoy segura!

VICENTE.—Y «espontáneo» también.

ENCARNA.—¿Expontáneo?

VICENTE.—Como tú lo dices es con equis, pero lo
dices mal. *(Tacha con el lápiz.)*

[ENCARNA.—*(Cabizbaja.)* No valgo.

VICENTE.—Sí que vales. *(Se levanta y le toma la barbilla.)* A pesar de todo, progresas.]

ENCARNA.—*(Humilde.)* ¿La vuelvo a escribir?

VICENTE.—[Déjala para] mañana. ¿Terminaste la novela de Beltrán?

ENCARNA.—Te la dejé aquí.

(Va al archivador y recoge un libreto que hay encima, llevándoselo.)

VICENTE.—*(Lo hojea.)* Te habrá parecido... espléndida.

ENCARNA.—Sí... Con «ese».

[VICENTE.—Te has emocionado, has llorado...

ENCARNA.—Sí.]

VICENTE.—No me sorprende. Peca de ternurista.

ENCARNA.—Pero..., si te gustaba...

VICENTE.—[Y me gusta.] Él es de lo mejor que tenemos. Pero en esta última se ha excedido. *(Se sienta y guarda el libreto en un cajón de la mesa.)* La literatura es faena difícil, Encarnita. Hay que pintar la vida, pero sin su trivialidad. [Y la vida es trivial. ¡Afortunadamente!] *(Se dispone a tomar el rimero de revistas.)* [Las postales, las revistas...] *(Toma el sobre.)* Esto ¿qué es?

ENCARNA.—Pruebas para tu hermano.

VICENTE.—¡Ah, sí! Espera un minuto. Quiero repasar uno de los artículos del próximo número. *(Saca las pruebas.)* [Aquí está.] *(ENCARNA se sienta en su silla.)* Sí, Encarnita. La literatura es difícil. Beltrán, por ejemplo, escribe a menudo: «Fulana piensa esto, o lo otro...» Un recurso muy gastado. *(Por la prueba.)* Pero este idiota lo elogia... Sólo puede justificarse cuando un personaje le pregunta a otro: «¿En qué piensas?»... *(Ella lo mira, cavilosa. Él se concentra en la lectura. Ella deja de mirarlo y se abstrae. El primer término se iluminó poco a poco. Entra por la derecha una golfa, cruza y se acerca al velador del cafetín. Tiene el inequívoco aspecto de una prostituta barata y ronda ya los cuarenta años. Se sienta al velador, saca de su bolso una cajetilla y extrae un pitillo. Un camarero flaco y entrado en años aparece por el lateral izquierdo y, con gesto can-*

*sado, deniega con la cabeza y con un dedo, indicando a
la esquinera que se vaya. Ella lo mira con zumba y extiende las manos hacia la mesa, como si dijese: «¡Quiero
tomar algo!» El* CAMARERO *vuelve a denegar y torna a
indicar, calmoso, que se vaya. Ella suspira, guarda el
pitillo que no encendió y se levanta. Cruza luego hacia
la derecha, se detiene y, aburrida, se recuesta en la desconchada pared.* VICENTE *levanta la vista y mira a* EN-
CARNA.) Y tú, ¿en qué piensas? *(Abstraída,* ENCARNA *no
responde.)* ¿Eh?... *(*ENCARNA *no le oye. Con risueña curiosidad,* VICENTE *enciende un cigarrillo sin dejar de
observarla. Con un mudo* «¡Hale!» *y un ademán más
enérgico, el* CAMARERO *conmina a la prostituta a que se
aleje. Con un mudo* «¡Ah!» *de desprecio, sale ella por
el lateral derecho. El* CAMARERO *pasa el paño por el velador y sale por el lateral izquierdo. La luz del primer
término se amortigua un tanto. Irónico,* VICENTE *interpela a* ENCARNA.) ¿En qué piensas..., Fulana?

ENCARNA.—*(Se sobresalta.)* ¿Fulana?

VICENTE.—Ahora sí eras un personaje de novela. Algo
pensabas.

ENCARNA.—Nada...

VICENTE.—¿Cenamos juntos?

(Vuelve a leer en la prueba.)

ENCARNA.—Ya sabes que los jueves y viernes ceno
con esa amiga de mi pueblo.

VICENTE.—Cierto. Hoy es jueves. Recuérdame mañana que llame a Moreno. Urge pedirle un artículo para
el próximo número.

[ENCARNA.—¿No estaba ya completo?]

[VICENTE.]—Éste no sirve.

(Separa la prueba que leía y se la guarda.)

ENCARNA.—*(Mientras cubre la máquina.)* ¿Cuál es?

VICENTE.—El de Torres.

ENCARNA.—¿Sobre Eugenio Beltrán?

VICENTE.—Sí. *(Se levanta.)* ¿Te acerco?

ENCARNA.—No. ¿Vas a casa de tus padres?

VICENTE.—Con toda esta broza. *(Golpea sobre el montón de revistas y toma, risueño, las postales.)* Esta postal le gustará a mi padre. Se ve a la gente andando por la calle y eso le encanta. *(Examina las postales. El cuarto de estar se iluminó poco a poco con luz diurna. Los movimientos de sus ocupantes se han normalizado. EL PADRE, sentado a la mesa, recorta algo de una vieja revista. Es un anciano de blancos cabellos que representa más de setenta y cinco años. Su hijo MARIO, de unos treinta y cinco años, corrige pruebas. Ambos visten con desaliño y pobreza. EL PADRE, un traje muy usado y una vieja bata; el hijo, pantalones oscuros y jersey. VICENTE se recuesta en el borde de la mesa.)* [Debería ir más a menudo a visitarlos, pero estoy tan ocupado... Ellos, en cambio, tienen poco que hacer. No han sabido salir de aquel pozo...] Menos mal que el viejo se ha vuelto divertido. *(Ríe, mientras mira las postales.)* ¿Te conté lo del cura?

ENCARNA.—No.

VICENTE.—Se encontró un día con el cura de la parroquia, que iba acompañado de una feligresa. Y le pregunta mi padre, muy cumplido: ¿Esta mujer es su señora? *(Ríen.)* Iba con el señor Anselmo, que le da mucha compañía, pero que nunca le discute nada.

ENCARNA.—Pero... ¿está loco?

VICENTE.—No es locura, es vejez. [Una cosa muy corriente:] arteriosclerosis. Ahora estará más sujeto en casa: les regalé la televisión el mes pasado. *(Ríe.)* [Habrá que oír las cosas que dirá el viejo.] *(Tira una postal sobre la mesa.)* Esta postal no le gustará. No se ve gente.

> *(Se abstrae. Se oye el ruido de un tren remoto, que arranca, pita y gana rápidamente velocidad. Su fragor crece y suena con fuerza durante unos segundos. Cuando se amorti-*

gua, El padre *habla en el cuarto de estar.*
Poco después se extingue el ruido en una ilu-
soria lejanía.)

El padre.—*(Exhibe un monigote que acaba de recor-*
tar.) Éste también puede subir.

(Mario *interrumpe su trabajo y lo mira.*)

Mario.—¿A dónde?
El padre.—Al tren.
Mario.—¿A qué tren?
El padre.—*(Señala al frente.)* A ése.
Mario.—Eso es un tragaluz.
El padre.—Tú qué sabes...

(Hojea la revista.)

Encarna.—*(Desconcertada por el silencio de* Vicente.) ¿No nos vamos?

(Abstraído, Vicente *no contesta. Ella lo mira*
con curiosidad.)

Mario.—*(Que no ha dejado de mirar a su padre.)*
Hoy vendrá Vicente.
El padre.—¿Qué Vicente?
Mario.—¿No tiene usted un hijo que se llama Vi-
cente?
El padre.—Sí. El mayor. No sé si vive.
Mario.—Viene todos los meses.
El padre.—Y tú, ¿quién eres?
Mario.—Mario.
El padre.—¿Tú te llamas como mi hijo?
Mario.—Soy su hijo.
El padre.—Mario era más pequeño.
Mario.—He crecido.
El padre.—Entonces subirás mejor.
Mario.—¿A dónde?
El padre.—Al tren.

(Comienza a recortar otra figura. Mario *lo*
mira, intrigado, y luego vuelve a su trabajo.)

VICENTE.—*(Reacciona y coge el mazo de revistas.)*
¿Nos vamos?

ENCARNA.—Eso te preguntaba.

VICENTE.—*(Ríe.)* Y yo estaba pensando en las Ba-
tuecas, como cualquier personaje de Beltrán. *(Mete en
su cartera las revistas, las postales y el sobre. ENCARNA
recoge su bolso y va a la mesa, de donde toma la postal
abandonada. VICENTE va a la puerta, se vuelve y la
mira.)* ¿Vamos?

ENCARNA.—*(Mirando la postal.)* Me gustaría conocer
a tus padres.

VICENTE.—*(Frío.)* Ya me lo has dicho otras veces.

ENCARNA.—No te estoy proponiendo nada. Puede que
no vuelva a decírtelo. *(Con dificultad.)* Pero... si tuvié-
semos un hijo, ¿lo protegerías?

VICENTE.—*(Se acerca a ella con ojos duros.)* ¿Vamos
a tenerlo?

ENCARNA.—*(Desvía la mirada.)* No.

VICENTE.—*(Le vuelve la cabeza y la mira a los
ojos.)* ¿No?

ENCARNA.—*(Quiere ser persuasiva.)* ¡No!...

VICENTE.—Descuidarse ahora sería una estupidez mayúscula...

[ENCARNA.—Pero si naciera, ¿lo protegerías?

VICENTE.—Te conozco, pequeña, y sé a dónde
apuntas.]

ENCARNA.—¡Aunque no nos casásemos! ¿Lo protegerías?

VICENTE.—*(Seco.)* Si no vamos a tenerlo es inútil la
pregunta. Vámonos.

(Vuelve a la puerta.)

ENCARNA.—*(Suspira y comenta, anodina.)* Pensé que
a tu padre le gustaría esta postal. Es un tren muy curioso, como los de hace treinta años.

VICENTE.—No se ve gente.

*(ENCARNA deja la postal y sale por el fondo
seguida de VICENTE, que cierra. Vuelve el*

*ruido del tren. La luz se extingue en la ofici-
na.* MARIO *interrumpió su trabajo y miraba
fijamente a su padre, que ahora alza la vista
y lo mira a su vez. El ruido del tren se apaga.* EL PADRE *se levanta y lleva sus dos monigotes de papel a la cómoda del fondo.)*

EL PADRE.—*(Musita, mientras abre un cajón.)* Éstos
tienen que aguardar en la sala de espera. *(Deja los monigotes y revuelve el contenido del cajón, sacando un
par de postales.)* Recortaré a esta linda señorita. *(Canturrea, mientras vuelve a la mesa.)*

La Rosenda está estupenda.
La Vicenta está opulenta...

(Se sienta y se dispone a recortar.)

MARIO.—[¿Por qué la recorta?] ¿No está mejor en la
postal?
EL PADRE.—*(Sin mirarlo.)* Sólo cuando hay mucha
gente. Si los recortas entonces, los partes, [porque se ta-
pan unos a otros.] Pero yo tengo que velar por todos
y al que puedo, lo salvo.
MARIO.—¿De qué?
EL PADRE.—De la postal. *(Recorta. Se abre la puerta
de la casa y entra* LA MADRE *con un paquete. Es una
mujer agradable y de aire animoso. Aparenta unos sesenta y cinco años.* EL PADRE *se interrumpe.)* ¿Quién
anda en la puerta?
MARIO.—Es madre.

*(*LA MADRE *entra en la cocina.)*

EL PADRE.—*(Vuelve a recortar y canturrea.)*

La Pepica está muy rica...

MARIO.—Padre.
EL PADRE.—*(Lo mira.)* ¿Eh?

MARIO.—¿De qué tren habla? ¿De qué sala de espera? Nunca ha hablado de ningún tren...

EL PADRE.—De ése.

(Señala al frente.)

MARIO.—No hay ningún tren ahí.

EL PADRE.—Es usted bobo, señorito. ¿No ve la ventanilla?

*(El hijo lo mira y vuelve a su trabajo. LA MA-
DRE sale de la cocina con el paquete y entra
en el cuarto de estar.)*

LA MADRE.—Ya he puesto a calentar la leche; Vicente no tardará.

(Va a la cómoda y abre el paquete.)

EL PADRE.—*(Se levanta y se inclina.)* Señora...

LA MADRE.—*(Se inclina, burlona.)* Caballero...

EL PADRE.—[Sírvase considerarse] como en su propia casa.

LA MADRE.—*(Contiene la risa.)* Muy amable, caballero.

EL PADRE.—Con su permiso, seguiré trabajando.

LA MADRE.—Usted lo tiene. *(Vuelven a saludarse. EL
PADRE se sienta y recorta. MARIO, que no se ha reído,
enciende un cigarrillo.)* Las ensaimadas ya no son como
las de antes, pero a tu hermano le siguen gustando. Si
quisiera quedarse a cenar...

[MARIO.—No lo hará.

LA MADRE.—Está muy ocupado. Bastante hace ahora
con venir él a traernos el sobre cada mes.]

*(Ha ido poniendo las ensaimadas en una
bandeja.)*

MARIO.—[Habrán despedido al botones. *(Ella lo mira,
molesta.)*] ¿Sabes que ya tiene coche?

LA MADRE.—*(Alegre.)* ¿Sí? ¿Se lo has visto?

MARIO.—Me lo han dicho.

LA MADRE.—¿Es grande?

MARIO.—No lo sé.

LA MADRE.—¡A lo mejor lo trae hoy!

MARIO.—No creo que llegue con él hasta aquí.

LA MADRE.—Tienes razón. Es delicado. (MARIO *la mira con leve sorpresa y vuelve a su trabajo. Ella se le acerca y baja la voz.*) Oye... ¿Le dirás tú lo que hizo tu padre?

MARIO.—Quizá no pregunte.

LA MADRE.—Notará la falta.

MARIO.—Si la nota, se lo diré.

EL PADRE.—*(Se levanta y va hacia la cómoda.)* La linda señorita ya está lista. Pero no sé quién es.

LA MADRE.—*(Ríe.)* Pues una linda señorita. ¿No te basta?

EL PADRE.—*(Súbitamente irritado.)* ¡No, no basta!

(Y abre el cajón bruscamente para dejar el muñeco.)

LA MADRE.—*(A media voz.)* Lleva unos días imposible.

EL PADRE.—¡Caramba! ¡Pasteles!

(Va a tomar una ensaimada.)

LA MADRE.—¡Déjalas hasta que venga Vicente!

EL PADRE.—¡Si Vicente soy yo!

LA MADRE.—Ya comerás luego. *(Lo aparta.)* [Anda], vuelve a tus postales, que eres como un niño.

EL PADRE.—*(Se resiste.)* Espera...

LA MADRE.—¡Anda, te digo!

EL PADRE.—Quiero darte un beso.

LA MADRE.—*(Ríe.)* ¡Huy! ¡Mira por dónde sale ahora el vejestorio!

EL PADRE.—*(Le toma la cara.)* Beso...

LA MADRE.—*(Muerta de risa.)* ¡Quita, baboso!

EL PADRE.—¡Bonita!

(La besa.)

LA MADRE.—¡Asqueroso! ¿No te da vergüenza, a tus años?

> *(Lo aparta, pero él reclina la cabeza sobre el pecho de ella, que mira a su hijo con un gesto de impotencia.)*

EL PADRE.—Cántame la canción, bonita...

LA MADRE.—¿Qué canción? ¿Cuándo te he cantado yo a ti nada?

EL PADRE.—De pequeño.

LA MADRE.—Sería tu madre. *(Lo empuja.)* ¡Y aparta, que me ahogas!

EL PADRE.—¿No eres tú mi madre?

LA MADRE.—*(Ríe.)* Sí, hijo. A la fuerza.] Anda, siéntate y recorta.

EL PADRE.—*(Dócil.)* Bueno.

> *(Se sienta y husmea en sus revistas.)*

LA MADRE.—¡Y cuidado con las tijeras, que hacen pupa!

EL PADRE.—Sí, mamá.

> *(Arranca una hoja y se dispone a recortar.)*

LA MADRE.—¡Hum!... Mamá. Puede que dentro de un minuto sea la Infanta Isabel. *(Suena el timbre de la casa.)* ¡Vicente!

> *(Corre al fondo. MARIO se levanta y se acerca a su padre.)*

MARIO.—Es Vicente, padre. (EL PADRE *no le atiende.* LA MADRE *abre la puerta y se arroja en brazos de su hijo.)* Vicentito.

> *(MARIO se incorpora y aguarda junto al sillón de su padre.)*

LA MADRE.—¡Vicente! ¡Hijo!

VICENTE.—Hola, madre.

> *(Se besan.)*

LA MADRE.—*(Cierra la puerta y vuelve a abrazar a su hijo.)* ¡Vicentito!

VICENTE.—*(Riendo.)* ¡Vamos, madre! ¡Ni que volviese de la Luna!

LA MADRE.—Es que no me acostumbro a no verte todos los días, hijo.

> *(Le toma del brazo y entran los dos en el cuarto de estar.)*

VICENTE.—¡Hola, Mario!

MARIO.—¿Qué hay?

> *(Se palmean, familiares.)*

LA MADRE.—*(Al PADRE.)* ¡Mira quién ha venido!

VICENTE.—¿Qué tal le va, padre?

EL PADRE.—¿Por qué me llama padre? No soy cura.

VICENTE.—*(Ríe a carcajadas.)* ¡Ya veo que sigue sin novedad! Pues ha de saber que le he traído cosas muy lindas. *(Abre la cartera.)* Revistas y postales.

> *(Se las pone en la mesa.)*

EL PADRE.—Muy amable, caballero. Empezaba a quedarme sin gente y no es bueno estar solo.

> *(Hojea una revista.)*

VICENTE.—*(Risueño.)* ¡Pues ya tiene compañía! *(Se acerca a la cómoda.)* ¡Caramba! ¡Ensaimadas!

LA MADRE.—*(Feliz.)* Ahora mismo traigo el café. ¿Te quedas a cenar?

VICENTE.—¡Ni dos minutos! Tengo mil cosas que hacer.

> *(Se sienta en el sofá.)*

LA MADRE.—*(Decepcionada.)* ¿Hoy tampoco?

VICENTE.—De veras que lo siento, madre.

LA MADRE.—[Si, al menos, vinieses más a menudo...

VICENTE.—Ahora vengo todos los meses.

LA MADRE.—Sí, claro.] Voy por el café.

> *(Inicia la marcha.)*

VICENTE.—*(Se levanta y saca un sobre azul.)* Toma,
antes de que se me olvide.

LA MADRE.—Gracias, hijo. Viene a tiempo, ¿sabes?
Mañana hay que pagar el plazo de la lavadora.

VICENTE.—Pues ve encargando la nevera.

LA MADRE.—¡No! Eso, todavía...

VICENTE.—¡Si no hay problema! Me tenéis a mí. (LA
MADRE *lo mira, conmovida. De pronto le da otro beso
y corre rápida a refugiarse en la cocina.)* A ti te he
traído pruebas.

> *(Saca el sobre de su cartera.* MARIO *lo toma
> en silencio y va a dejarlo en su mesita. En-
> tretanto* EL PADRE *se ha levantado y los mira,
> caviloso. Da unos pasos y señala a la mesa.)*

EL PADRE.—¿Quién es ése?

VICENTE.—¿Cómo?

EL PADRE.—Ése... que lleva un hongo.

VICENTE.—¿Qué dice?

> *(MARIO *ha comprendido.* EL PADRE *tira de él,
> lo lleva a la mesa y pone el dedo sobre una
> postal.)*

EL PADRE.—Aquí.

VICENTE.—*(Se acerca.)* Es la plaza de la Ópera, en
París. Todos llevan hongo; es una foto antigua.

EL PADRE.—Éste.

VICENTE.—[¡Si apenas se ve!] Uno que pasó entonces, [como todos éstos]. Uno cualquiera.

EL PADRE.—*(Enérgico.)* ¡No!

[VICENTE.—¿Cómo quiere que sepamos quién es? ¡No
es nadie!

EL PADRE.—¡Sí!]

MARIO.—*(Suave.)* Ya habrá muerto.

EL PADRE.—*(Lo mira asustado.)* ¿Qué dices?

> *(Busca entre las revistas y toma una lupa.)*

VICENTE.—¿Una lupa?

MARIO.—Tuve que comprársela. No es la primera vez que hace esa pregunta.

(EL PADRE *se ha sentado y está mirando la postal con la lupa.*)

VICENTE.—*(A media voz.)* ¿Empeora?

MARIO.—No sé.

EL PADRE.—No está muerto. Y esta mujer que cruza, ¿quién es? *(Los mira.)* Claro. Vosotros no lo sabéis. Yo, sí.

VICENTE.—¿Sí? ¿Y el señor del hongo?

EL PADRE.—*(Grave.)* También.

VICENTE.—Y si lo sabía, ¿por qué nos lo pregunta?

EL PADRE.—Para probaros.

VICENTE.—*(Le vuelve la espalda y contiene la risa.)* Se cree Dios...

(EL PADRE *lo mira un segundo y se concentra en la postal.* MARIO *esboza un leve gesto de aquiescencia.* LA MADRE *sale de la cocina con una bandeja repleta de tazones.*)

LA MADRE.—*(Mientras avanza por el pasillo.)* ¿Cuándo te vas a casar, Vicente?

EL PADRE.—*(Mirando su postal.)* Ya me casé una vez.

LA MADRE.—*(Mientras el hijo mayor ríe.)* Claro. Y yo otra. (EL PADRE *la mira.*) ¡No te hablo a ti, tonto! *(Deposita la bandeja y va poniendo tazones sobre la mesa.)* ¡Y deja ya tus muñecos, que hay que merendar! Toma. Para ti una pizca, que la leche te perjudica. *(Le pone un tazón delante. Le quita la lupa y la postal. Él la mira, pero no se opone. Ella recoge postales y revistas, y las lleva a la cómoda.)* Siéntate, hijo. (VICENTE *se sienta a la mesa.*) Y yo junto al niño, porque si no se pone perdido. *(Lleva las ensaimadas a la mesa.)* ¡Coge una ensaimada, hijo!

VICENTE.—Gracias.

(*Toma una ensaimada y empieza a merendar.* MARIO *toma otra.*)

LA MADRE.—*(Sentada junto a su marido, le da una ensaimada.)* ¡Toma! ¿No querías una? (EL PADRE *la toma.)* ¡Moja! (EL PADRE *la moja.*) No me has contestado, hijo. ¿No te gusta alguna chica?

VICENTE.—Demasiadas.

LA MADRE.—¡Asqueroso!

EL PADRE.—¿Por dónde como esto?

LA MADRE.—¡Muerde por donde has mojado!

[EL PADRE.—¿Con qué lo muerdo?

LA MADRE.—¡Con la boca!] (EL PADRE *se lleva la ensaimada a los ojos.*) ¡La boca, la boca! No hay quien pueda contigo. *(Le quita la ensaimada y se la va dando como a un niño, tocándole los labios a cada bocado para que los abra.)* ¡Toma!

VICENTE.—¿Así está?

MARIO.—Unas veces lo sabe y otras se le olvida.

LA MADRE.—Toma otra, Vicente.

EL PADRE.—¿Tú te llamas Vicente?

VICENTE.—Sí.

EL PADRE.—¡Qué casualidad! Tocayo mío.

(VICENTE *ríe.*)

LA MADRE.—*(Al* PADRE.) Tú come y calla.

(Le brinda otro bocado.)

EL PADRE.—No quiero más. ¿Quién va a pagar la cuenta?

LA MADRE.—*(Mientras* VICENTE *ríe de nuevo.)* Ya está pagada. Y toma...

EL PADRE.—*(Rechaza el bocado y se levanta, irritado.)* [¡No quiero más!] ¡Me voy a mi casa!

LA MADRE.—*(Se levanta e intenta retenerlo.)* ¡Si estás en tu casa!

EL PADRE.—¡Esto es un restaurante!

(Intenta apartar a su mujer. VICENTE *se levanta.)*

LA MADRE.—Escucha...

EL PADRE.—¡Tengo que volver con mis padres!

(Va hacia el fondo.)

LA MADRE.—*(Tras él, le dice a* VICENTE.*)* Disculpa, hijo. No se le puede dejar solo.

EL PADRE.—*(En el pasillo.)* ¿Dónde está la puerta?

> *(Abre la de su dormitorio y se mete.* LA MADRE *entra tras él, cerrando.* VICENTE *da unos pasos hacia el pasillo y luego se vuelve hacia su hermano, que no se ha levantado.)*

VICENTE.—Antes no se enfadaba tanto...

MARIO.—*(Trivial.)* Se le pasa pronto. *(Apura su tazón y se limpia la boca.)* ¿Qué tal va tu coche?

VICENTE.—¡Ah! ¿Ya lo sabes? Es poca cosa, aunque parece algo. Pero en estos tiempos resulta imprescindible...

MARIO.—*(Muy serio.)* Claro. El desarrollo económico.

VICENTE.—Eso. *(Se acerca.)* Y a ti, ¿qué tal te va?

MARIO.—También prospero. Ahora me han encargado la corrección de estilo de varios libros.

VICENTE.—¿Tienes novia?

MARIO.—No.

> *(*ENCARNA *entra por el primer término izquierdo.* VICENTE *toma otra ensaimada y, mientras la muerde, vuelve al pasillo y escucha.* ENCARNA *consulta su reloj y se sienta al velador del cafetín, mirando hacia la derecha como si esperase a alguien.)*

VICENTE.—Parece que está más tranquilo.

MARIO.—Ya te lo dije.

VICENTE.—*(Mira su reloj, vuelve al cuarto y cierra su cartera.)* Se me ha hecho tarde... *(El* CAMARERO *entra por la izquierda.* ENCARNA *y él cambian en voz baja algunas palabras. El* CAMARERO *se retira.)* Tendré que despedirme...

> *(*VICENTE *inicia la marcha hacia el pasillo.)*

MARIO.—¿Cómo encuentras a nuestro padre?

VICENTE.—*(Se vuelve, sonriente.)* Muy divertido. [Lo del restaurante ha tenido gracia...] *(Se acerca.)* ¿No se le ha ocurrido ninguna broma con la televisión?

MARIO.—Verás...

(VICENTE *mira a todos lados.)*

VICENTE.—¿Dónde la habéis puesto? La instalaron aquí...

(ENCARNA *consulta la hora, saca un libro de su bolso y se pone a leer.)*

MARIO.—¿Has visto cómo se ha irritado?

[VICENTE.—¿Qué quieres decir?]

[MARIO].—Últimamente se irrita con frecuencia...

VICENTE.—¿Sí?

MARIO.—Los primeros días [no dijo nada.] Se sentaba ante el aparato y de vez en cuando miraba a nuestra madre, que comentaba todos los programas contentísima, figúrate. A veces él parecía inquieto y se iba a su cuarto sin decir palabra... Una noche transmitieron *El misterio de Elche* y aquello pareció interesarle. A la mitad lo interrumpieron bruscamente para trufarlo con todos esos anuncios de lavadoras, bebidas, detergentes... Cuando nos quisimos dar cuenta se había levantado y destrozaba a silletazos el aparato.

VICENTE.—¿Qué?

MARIO.—Hubo una explosión tremenda. A él no le pasó nada, pero el aparato quedó hecho añicos... [Nuestra madre no se atrevía a decírtelo.]

(Un silencio. El CAMARERO *vuelve al velador y sirve a* ENCARNA *un café con leche.)*

VICENTE.—*(Pensativo.)* Él no era muy creyente...

MARIO.—No.

(Un silencio. ENCARNA *echa dos terrones, bebe un sorbo y vuelve a su lectura.)*

NÚM. 1496.—2

VICENTE.—*(Reacciona.)* Al fin y al cabo, no sabe lo que hace.

MARIO.—Reconocerás que lo que hizo tiene sentido.

VICENTE.—Lo tendría en otra persona, no en él.

MARIO.—¿Por qué no en él?

[VICENTE.—Sufre una esclerosis avanzada; algo fisiológico. Sus reacciones son disparatadas, y no pueden ser otra cosa.

MARIO.—A veces parecen otra cosa. *(Movimiento de incredulidad de* VICENTE.*)*] Tú mismo has dicho que se creía Dios...

VICENTE.—¡Bromeaba!

MARIO.—Tú no le observas tanto como yo.

VICENTE.—¿También tú vas a desquiciarte, Mario? ¡Es una esclerosis senil!

MARIO.—No tan senil.

VICENTE.—No te entiendo.

MARIO.—El médico habló últimamente de un posible factor desencadenante...

VICENTE.—Eso es nuevo... ¿Qué factor?

MARIO.—No sé... Por su buen estado general, le extrañó lo avanzado del proceso. Nuestro padre tiene ahora setenta y seis años, y ya hace cuatro que está así...

VICENTE.—A otros les pasa con menos edad.

MARIO.—Es que a él le sucedió por primera vez mucho antes.

[VICENTE.—¿Cómo?

MARIO.—El médico nos preguntó y entonces yo recordé algo... Pasó poco después de terminar] tú [el servicio militar, cuando] ya te habías ido de casa.

VICENTE.—¿Qué sucedió?

MARIO.—Se levantó una noche y anduvo por aquí diciendo incoherencias... Y sólo tenía cincuenta y siete años. Madre dormía, pero yo estaba desvelado.

VICENTE.—Nunca lo dijiste.

MARIO.—Como no volvió a suceder en tantos años, lo había olvidado.

(Un silencio.)

EL TRAGALUZ   35

VICENTE.—*(Pasea.)* [Quizás algo hereditario; quién sabe.] De todos modos, no encuentro que sus reacciones signifiquen nada... Es como un niño que dice bobadas.

MARIO.—No sé... Ahora ha inventado nuevas manías... Ya has visto una de ellas: preguntar quién es cualquier hombrecillo de cualquier postal.

(*Se levanta y va al frente, situándose ante el invisible tragaluz.*)

VICENTE.—*(Ríe.)* Según él, para probarnos. Es gracioso.

MARIO.—Sí. Es curioso. ¿Te acuerdas de nuestro juego de muchachos?

VICENTE.—¿Qué juego?

MARIO.—Abríamos este tragaluz para mirar las piernas que pasaban y para imaginar cómo eran las personas.

VICENTE.—*(Riendo.)* ¡El juego de las adivinanzas! Ni me acordaba.

MARIO.—Desde que rompió la televisión le gusta que se lo abramos y ver pasar la gente... [Es casi como entonces, porque yo le acompaño.]

VICENTE.—*(Paseando.)* Como un cine.

MARIO.—*(Sin volverse.)* Él lo llama de otro modo. Hoy ha dicho que es un tren.

(VICENTE *se detiene en seco y lo mira. Breve silencio.* LA MADRE *sale del dormitorio y vuelve al cuarto de estar.*)

LA MADRE.—Perdona, hijo. Ahora ya está tranquilo.

VICENTE.—Me voy ya, madre.

LA MADRE.—¿Tan pronto?

VICENTE.—¡Tan tarde! Llevo retraso.

MARIO.—*(Que se volvió al oír a su madre.)* Yo también salgo.

VICENTE.—¿Te acerco a algún lado?

MARIO.—Te acompaño hasta la esquina solamente. [Voy cerca de aquí.]

LA MADRE.—También a mí me gustaría, por ver tu coche, que todo se sabe... [¿Lo has dejado en la esquina?]

VICENTE.—[Sí.] No es gran cosa.

LA MADRE.—Eso dirás tú. Otro día páralo aquí delante. No seas tan mirado... Pocas ensaimadas te has comido...

VICENTE.—Otro día me tomaré la bandeja entera. *(Señala al pasillo.)* ¿Me despido de él?

LA MADRE.—Déjalo, no vaya a querer irse otra vez. *(Ríe.)* ¿Sabes por dónde se empeñaba en salir de casa? ¡Por el armario!

VICENTE.—*(Riendo, a su hermano.)* ¿No te lo dije? ¡Igual que un niño!

> *(Recoge su cartera y se encamina a la salida. MARIO recoge de la mesita su cajetilla y va tras ellos.)*

LA MADRE.—¡Que vuelvas pronto, hijo!

VICENTE.—*(En el pasillo.)* ¡Prometido!

> *(VICENTE abre la puerta de la casa, barbillea a su madre con afecto y sale.)*

MARIO.—*(Sale tras él.)* Hasta luego, madre.

LA MADRE.—*(Desde el quicio.)* Adiós...

> *(Cierra, con un suspiro, vuelve al cuarto de estar y va recogiendo los restos de la merienda, para desaparecer con ellos en la cocina. La luz se amortigua en el cuarto de estar; mientras LA MADRE termina sus paseos, la joven pareja de investigadores reaparece. ENCARNA, impaciente, consulta su reloj y bebe otro sorbo.)*

ÉL.—El fantasma de la persona a quien esperaba esta mujer tardará un minuto.

ELLA.—Lo aprovecharemos para comentar lo que habéis visto.

ÉL.—¿Habéis visto [solamente] realidades, o también pensamientos?

ELLA.—Sabéis todos que los detectores lograron hace tiempo captar pensamientos que, al visualizarse intensamente, pudieron ser recogidos como imágenes. La presente experiencia parece ser uno de esos casos; pero algunas de las escenas que habéis visto pudieron suceder realmente, aunque Encarna y Vicente las imaginasen al mismo tiempo en su oficina. [Recordad que algunas de ellas continúan desarrollándose cuando los que parecían imaginarlas dejaron de pensar en ellas.

ÉL.—¿Dejaron de pensar en ellas? Lo ignoramos. Nunca podremos establecer, ni ellos podrían, hasta dónde alcanzó su más honda actividad mental.]

[ELLA].—¿Las pensaron con tanta energía que nos parecen reales sin serlo?

ÉL.—¿Las percibieron cuando se desarrollaban, creyendo imaginarlas?

ELLA.—¿Dónde está la barrera entre las cosas y la mente?

ÉL.—Estáis presenciando una experiencia de realidad total: sucesos y pensamientos en mezcla inseparable.

ELLA.—Sucesos y pensamientos extinguidos hace siglos.

ÉL.—No del todo, puesto que los hemos descubierto. (Por ENCARNA.) Mirad a ese fantasma. ¡Cuán vivo nos parece!

ELLA.—(Con el dedo en los labios.) ¡Chist! Ya se proyecta la otra imagen. (MARIO aparece tras ellos por la derecha y avanza unos pasos mirando a ENCARNA.) ¿No parece realmente viva?

> (La pareja sale. La luz del primer término crece. ENCARNA levanta la vista y sonríe a MARIO. MARIO llega a su lado y se dan la mano. Sin desenlazarlas, se sienta él al lado de ella.)

ENCARNA.—*(Con dulzura.)* Has tardado...

MARIO.—Mi hermano estuvo en casa.

ENCARNA.—Lo sé.

> *(Ella retira suavemente su mano. Él sonríe, turbado.)*

MARIO.—Perdona.

ENCARNA.—¿Por qué hemos tardado tanto en conocernos? Las pocas veces que ibas por la Editora no mirabas a nadie y te marchabas en seguida... Apenas sabemos nada el uno del otro.

MARIO.—*(Venciendo la resistencia de ella, vuelve a tomarle la mano.)* Pero hemos quedado en contárnoslo.

ENCARNA.—Nunca se cuenta todo.

> *(El* CAMARERO *reaparece. Ella retira vivamente su mano.)*

MARIO.—Cerveza, por favor. *(El* CAMARERO *asiente y se retira.* MARIO *sonríe, pero le tiembla la voz.)* Habrá pensado que somos novios.

ENCARNA.—Pero no lo somos.

MARIO.—*(La mira con curiosidad.)* Sólo confidentes..., por ahora. Cuéntame.

ENCARNA.—Si no hay otro remedio...

MARIO.—*(La sonríe.)* No hay otro remedio.

ENCARNA.—Yo... soy de pueblo. Me quedé sin madre de muy niña. [Teníamos una tierruca muy pequeña;] mi padre se alquilaba de bracero cuando podía. Pero ya no había trabajo para nadie, [y cogimos cuatro cuartos por la tierra] y nos vinimos hace seis años.

MARIO.—Como tantos otros...

ENCARNA.—Mi padre siempre decía: tú saldrás adelante. Se colocó de albañil, y ni dormía por aceptar chapuzas. Y me compró una máquina, y un método, y libros... Y cuando me veía encendiendo la lumbre, o barriendo, o acarreando agua —porque vivíamos en las chabolas—, me decía: «Yo lo haré. Tú, estudia.» Y quería que me vistiese lo mejor posible, y que leyese mucho, y que...

(Se le quiebra la voz.)

MARIO.—Y lo consiguió.

ENCARNA.—Pero se mató. Iba a las obras cansado, medio dormido, y se cayó hace tres años del andamio. *(Calla un momento.)* Y yo me quedé sola. ¡Y tan asustada! Un año entero buscando trabajo, [haciendo copias,] de pensión en pensión... ¡Pero entonces supe defenderme, te lo aseguro!... *(A media voz.)* Hasta que entré en la Editora.

(Lo mira a hurtadillas.)

MARIO.—No sólo has sabido defenderte. Has sabido luchar limpiamente, y formarte... Puedes estar orgullosa.

ENCARNA.—*(De pronto, seca.)* No quisiera seguir hablando de esto.

(Él la mira, intrigado. El CAMARERO *vuelve con una caña de cerveza, la deposita ante* MARIO *y va a retirarse.)*

MARIO.—Cobre todo.

(Le tiende un billete. El CAMARERO *le da las vueltas y se retira.* MARIO *bebe un sorbo.)*

ENCARNA.—Y tú, ¿por qué no has estudiado? [Los dos hermanos sois muy cultos, pero tú... podrías haber hecho tantas cosas...]

MARIO.—*(Con ironía.)* [¿Cultos? Mi hermano aún pudo aprobar parte del bachillerato; yo, ni empezarlo.] La guerra civil terminó cuando yo tenía diez años. Mi padre estaba empleado en un Ministerio y lo depuraron... Cuando volvimos a Madrid hubo que meterse en el primer rincón que encontramos: en ese sótano... de donde ya no hemos salido. Y años después, cuando pudo pedir el reingreso, mi padre ya no quiso hacerlo. Yo seguí leyendo y leyendo, pero... hubo que sacar adelante la casa.

ENCARNA.—¿Y tu hermano?

MARIO.—*(Frío.)* Estuvo con nosotros hasta que lo llamaron a filas. Luego decidió vivir por su cuenta.

[ENCARNA.—Ahora os ayuda...

MARIO.—Sí.

(Bebe.)]

ENCARNA.—Podrías haber prosperado como él... Quizá entrando en la Editora...

MARIO.—*(Seco.)* No quiero entrar en la Editora.

ENCARNA.—Pero... hay que vivir...

MARIO.—Ésa es nuestra miseria: que hay que vivir.

ENCARNA.—*(Asiente, después de un momento.)* Hoy mismo, por ejemplo...

MARIO.—¿Qué?

ENCARNA.—No estoy segura... Ya sabes que ahora entra un grupo nuevo.

MARIO.—Sí.

ENCARNA.—Yo creo que a Beltrán no le editan la segunda novela [que entregó]. ¡Y es buenísima! [¡La acabo de leer!] ¡Y a tu hermano también le gustaba!

MARIO.—*(Con vivo interés.)* ¿Qué ha pasado?

ENCARNA.—Tu hermano hablaba con Juan por teléfono y me hizo salir. Después dijo que, en esa novela, Beltrán se había equivocado. Y de las pruebas que te ha llevado hoy, quitó un artículo que hablaba bien de él.

MARIO.—El nuevo grupo está detrás de eso. Lo tienen sentenciado.

ENCARNA.—Alguna vez lo han elogiado.

MARIO.—Para probar su coartada... Y mi hermano, metido en esas bajezas. *(Reflexiona.)* Escucha, Encarna. Vas a vigilar y a decirme todo lo que averigües de esa maniobra. ¡Tenemos que ayudar a Beltrán!

ENCARNA.—Tú eres como él.

MARIO.—*(Incrédulo.)* ¿Como Beltrán?

ENCARNA.—Esa manera suya de no pedir nada, allí, donde he visto suplicar a todo el mundo...

Mario.—Él sí ha salido adelante sin mancharse. Alguna vez sucede... *(Sonríe.)* Pero yo no tengo su talento. *(Grave.)* Ni quizá su bondad. Escucha lo que he soñado esta noche. Había un precipicio... Yo estaba en uno de los lados, sentado ante mis pruebas... Por la otra ladera corría un desconocido, con una cuerda atada a la cintura. Y la cuerda pasaba sobre el abismo, y llegaba hasta mi muñeca. Sin dejar de trabajar, yo daba tironcitos... y lo iba acercando al borde. Cuando corría ya junto al borde mismo, di un tirón repentino y lo despeñé.

(Un silencio.)

Encarna.—Tú eres el mejor hombre que he conocido. Por eso me lo has contado.

Mario.—Te lo he contado porque quiero preguntarte algo. *(Se miran, turbados. Él se decide.)* ¿Quieres ser mi mujer? *(Ella desvía la vista.)* ¿Lo esperabas? *(Ella asiente. Él sonríe.)* Nunca ganaré gran cosa. Si me caso contigo haré un matrimonio ventajoso.

Encarna.—*(Triste.)* No bromees.

Mario.—*(Grave.)* Encarna, soy un hombre quebrado. [Hundido, desde el final de nuestra guerra, en aquel pozo de mi casa.] Pero si tu tristeza y la mía se unen, tal vez logremos una extraña felicidad.

Encarna.—*(A punto de llorar.)* ¿De qué tristeza hablas?

Mario.—No finjas.

Encarna.—¿Qué sabes tú?...

Mario.—Nada. Pero lo sé. *(Ella lo mira, turbada.)* ¿Quieres venir ahora a casa de mis padres? *(Ella lo mira con alegría y angustia.)* Antes de que decidas, debes conocerlos.

Encarna.—Los conozco ya. Soy yo quien reúne para tu padre revistas y postales... Cuanta más gente ve en ellas, más contento se pone, ¿verdad?

(Sonríe.)

MARIO.—*(Asiente, pensativo.)* Y a menudo pregunta: ¿Quién es éste?... ¿O éste?...

ENCARNA.—Tu hermano apartó hoy una postal porque en ella no se veía gente. Así voy aprendiendo cosas de tus padres.

MARIO.—¡También le gustan sin gente! ¿Era algún monumento?

ENCARNA.—No. Un tren antiguo. *(MARIO se yergue, mirándola fijamente. Ella, sin mirarlo, continúa después de un momento.)* Mario, iremos a tu casa si quieres. ¡Pero no como novios!

MARIO.—*(Frío, distante.)* Déjame pensar. *(Ella lo mira, desconcertada. La ESQUINERA entra por la derecha y se detiene un momento, atisbando por todos lados la posible llegada de un cliente. ENCARNA se inmuta al verla. MARIO se levanta.)* ¿Vamos?

ENCARNA.—No como novios, Mario.

[MARIO.—¿Por qué no?

ENCARNA.—Puedes arrepentirte... O puede que me arrepienta yo.]

MARIO.—*(Frío.)* Te presentaré como amiga. *(ENCARNA llega a su lado. La prostituta sonríe con cansada ironía y cruza despacio. ENCARNA se coge del brazo de MARIO al verla acercarse. MARIO va a caminar, pero ella no se mueve.)* ¿Qué te pasa?

> *(La prostituta se aleja y sale, contoneándose, por la izquierda.)*

ENCARNA.—Tú no quieres jugar conmigo, ¿verdad?

MARIO.—*(Molesto.)* ¿A qué viene eso?

ENCARNA.—*(Baja la cabeza.)* Vamos.

> *(Salen por la derecha. El CAMARERO entró poco antes a recoger los servicios y pasa un paño por el velador mientras la luz se extingue. Los investigadores reaparecen por ambos laterales. Sendos focos los iluminan. El CAMARERO sale y ellos hablan.)*

ELLA.—La escena que vais a presenciar sucedió siete días después.

ÉL.—Imposible reconstruir lo sucedido en ellos. Los detectores soportaron campos radiantes muy intensos y sólo se recogían apariciones fragmentarias.

ELLA.—Los investigadores conocemos bien ese relampagueo de imágenes que, [si a veces proporciona inesperados hallazgos,] a muchos de nosotros les llevó a abandonar su labor, desalentados por tanta inmensidad...

ÉL.—Los aparatos espacializan las más extrañas visiones: luchas de pájaros, manos que saludan, [un gran reptil,] el incendio de una ciudad, hormigas sobre un cadáver, llanuras heladas...

ELLA.—Yo vi antropoides en marcha, y niños ateridos tras una alambrada...

ÉL.—Y vimos otras imágenes incomprensibles, de algún astro muy lejano o de civilizaciones ya olvidadas. Presencias innumerables cuya podre forma hoy nuestros cuerpos y que hemos de devolver a la nada para no perder la historia que se busca y que acaso no sea tan valiosa.

ELLA.—La acción más oculta o insignificante puede ser descubierta un día. [Hoy descubrimos antiquísimos saberes visualizando a quienes leían, tal vez con desgana, los libros destruidos.] El misterioso espacio todo lo preserva.

ÉL.—Cada suceso puede ser percibido desde algún lugar.

ELLA.—Y a veces, sin aparatos, desde alguna mente lúcida.

ÉL.—El experimento continúa.

(Las oscilaciones luminosas comienzan a vibrar sobre la oficina. ÉL y ELLA salen por los laterales. La luz se estabiliza. La máquina de escribir está descubierta y tiene papeles en

el carro. ENCARNA, *a la máquina. La puerta se abre y entra* MARIO. ENCARNA *se vuelve, ahogando un suspiro.)*

MARIO.—He venido a dejar pruebas y, antes de irme, se me ocurrió visitar... a mi hermano.

ENCARNA.—*(Temblorosa.)* Lleva tres horas con los nuevos consejeros.

MARIO.—Y su secretaria, ¿está visible?

ENCARNA.—*(Seria.)* Ya ves que sí.

MARIO.—*(Cierra y avanza.)* [¿Te molesto?

ENCARNA.—Tengo trabajo.

MARIO.—] ¿Estás nerviosa?

ENCARNA.—[Los consejeros nuevos traen sus candidatos...] No sé si continuaré en la casa.

MARIO.—¡Bah! Puedes estar tranquila.

ENCARNA.—Pues no lo estoy. Y te agradecería que... no te quedases mucho tiempo.

MARIO.—*(Frunce las cejas, toma una silla y se sienta junto a* ENCARNA, *mirándola fijamente. Ella no lo mira.)* Tres días sin verte.

ENCARNA.—Con la reorganización hemos tenido mucho trabajo...

MARIO.—Siempre se encuentra un momento. *(Breve pausa.)* Si se quiere.

ENCARNA.—Yo... tenía que pensar.

MARIO.—*(Le toma una mano.)* Encarna...

ENCARNA.—¡Por favor, Mario!

MARIO.—¡Tú sabes ya que me quieres!

ENCARNA.—¡No! ¡No lo sé!

MARIO.—¡Lo sabes!

ENCARNA.—*(Se levanta, trémula.)* ¡No!

MARIO.—*(Se levanta casi al tiempo y la abraza.)* ¿Por qué mientes?

ENCARNA.—¡Suelta!

(Él la besa vorazmente. Ella logra desasirse, denegando obsesivamente, mientras mira a la

puerta. Mario *llega a su lado y la toma de
los brazos.)*

Mario.—*(Suave.)* ¿Qué te sucede?

Encarna.—Tenemos que hablar.

*(Va a la mesa de despacho, donde se apoya,
trémula.)*

Mario.—Quizá no te gustaron mis padres.

Encarna.—[No es eso...] Te aseguro que los quiero ya.

Mario.—Y ellos a ti.

Encarna.—*(Se aparta, buscando de qué hablar.)* Tu
padre me llamó Elvirita una vez... ¿Por qué?

Mario.—Era una hermanita que se nos murió. Tenía
dos años cuando terminó la guerra.

Encarna.—¿Me confundió con ella?

Mario.—Si ella viviese, tendría tu edad, más o menos.

Encarna.—¿De qué murió?

Mario.—Tardamos seis días en volver a Madrid. Era
muy difícil tomar los trenes, que iban repletos de sol-
dados ansiosos de llegar a sus pueblos... Y era aún más
difícil encontrar comida. Leche, sobre todo. Viajamos
en camiones, en tartanas, qué sé yo... La nena apenas
tomaba nada... Ni nosotros... Murió al cuarto día. De
hambre. *(Un silencio.)* [La enterramos en un pueblecito.
Mi padre fue al Ayuntamiento y logró en seguida el
certificado de defunción y el permiso. Años después le
he oído comentar que fue fácil: que entonces era fácil
enterrar.

(Un silencio.)]

Encarna.—*(Le oprime con ternura un hombro.)* Hay
que olvidar, Mario.

Mario.—*(Cierra los ojos.)* Ayúdame tú, Encarna...
¿Te espero luego en el café?

Encarna.—*(Casi llorosa.)* Sí, porque tengo que ha-
blarte.

MARIO.—*(Su tono y su expresión cambian. La mira, curioso.)* ¿De mi hermano?

ENCARNA.—Y de otras cosas.

MARIO.—¿Averiguaste algo? *(Ella lo mira, turbada.)* ¿Sí?

ENCARNA.—*(Corre a la puerta del fondo, la abre y espía un momento. Tranquilizada, cierra y toma su bolso.)* Mira lo que he encontrado en el cesto. *(Saca los trozos de papel de una carta rota y los compone sobre la mesa. MARIO se inclina para leer.)* ¿Entiendes el francés?

MARIO.—Un poco.

ENCARNA.—¿Verdad que hablan de Beltrán?

MARIO.—Piden los derechos de traducción de *Historia secreta,* el tercer libro que él publicó. Y como la Editora ya no existe, se dirigen a vosotros por si los tuvierais..., con el ruego, en caso contrario, de trasladar la petición al interesado. *(Un silencio. Se miran.)* [Y es al cesto de los papeles a donde ha llegado.

ENCARNA.—Si tu hermano la hubiese contestado la habría archivado, no roto.]

(Recoge aprisa los trozos de papel.)

MARIO.—No tires esos pedazos, Encarna.

ENCARNA.—No.

(Los vuelve a meter en el bolso.)

MARIO.—Esperaré a Vicente y le hablaremos de esto.

ENCARNA.—¡No!

MARIO.—¡No podemos callar! ¡Se trata de Beltrán! [ENCARNA.—Podríamos avisarle...

MARIO.—Lo haremos si es necesario, pero a Vicente le daremos su oportunidad.]

ENCARNA.—*(Se sienta, desalentada, en su silla.)* La carta la he encontrado yo. Déjame intentarlo a mí sola.

MARIO.—¡Conmigo al lado te será más fácil!

ENCARNA.—¡Por favor!

· MARIO.—*(La mira con insistencia unos instantes.)* No te pregunto si te atreverás, porque tú sabes que debes hacerlo...

ENCARNA.—Dame unos días...

MARIO.—¡No, Encarna! Si tú no me prometes hacerlo ahora, me quedo yo para decírselo a Vicente.

ENCARNA.—*(Rápida.)* ¡Te lo prometo! *(Baja la cabeza. Él la acaricia el cabello con súbita ternura.)* Me echará.

MARIO.—No tienes que reprocharle nada. Atribúyelo a un descuido suyo.

ENCARNA.—¿Puedo hacer eso?

MARIO.—*(Duro.)* Cuando haya que hablarle claro, lo haré yo. Ánimo, Encarna. En el café te espero.

ENCARNA.—*(Lo mira, sombría.)* Sí. Allí hablaremos.

> *(La puerta se abre y entra* VICENTE *con una carpeta en la mano. Viene muy satisfecho.* ENCARNA *se levanta.)*

VICENTE.—¿Tú por aquí?

MARIO.—Pasé un momento a saludarte. Ya me iba.

VICENTE.—¡No te vayas todavía! *(Mientras deja la carpeta sobre la mesa y se sienta.)* Vamos a ver, Mario. Te voy a hacer una proposición muy seria.

ENCARNA.—¿Me... retiro?

VICENTE.—¡No hace falta! *(A* MARIO.*)* Encarnita debe saberlo. ¡Escúchame bien! Si tú quieres, ahora mismo quedas nombrado mi secretario. [Para trabajar aquí, conmigo. Y con ella.] *(*ENCARNA *y* MARIO *se miran.)* Para ti también hay buenas noticias, Encarna: quinientas pesetas más al mes. Seguirás con tu máquina y tu archivo. Pero necesito otro ayudante con buena formación literaria. Tú lo comprendes...

ENCARNA.—Claro.

> *(Se sienta en su silla.)*

VICENTE.—Tú, Mario. Es un puesto de gran porvenir. Para empezar, calcula algo así como el triple de lo que ahora ganas. ¿Hace?

MARIO.—Verás, Vicente...

VICENTE.—Un momento... *(Con afecto.)* Lo puedo hacer hoy; más adelante ya no podría. Figúrate la alegría que le íbamos a dar a nuestra madre... Ahora puedo decirte que me lo pidió varias veces.

MARIO.—Lo suponía.

VICENTE.—También a mí me darías una gran alegría, te lo aseguro...

MARIO.—*(Suave.)* No, Vicente. Gracias.

VICENTE.—*(Reprime un movimiento de irritación.)* ¿Por qué no?

MARIO.—Yo no valgo para esto...

VICENTE.—*(Se levanta.)* ¡Yo sé mejor que tú lo que vales! ¡Y ésta es una oportunidad única! [¡No puedes,] no tienes el derecho de rehusarla! ¡Por tu mujer, por tus hijos, cuando los tengas! (ENCARNA y MARIO *se miran.*) ¡Encarna, tú eres mujer y lo entiendes! ¡Dile tú algo!

ENCARNA.—*(Muy turbada.)* Sí... Realmente...

[VICENTE.—*(A* MARIO.*)* ¡Me parece que no puedo hacer por ti más de lo que hago!]

MARIO.—Te lo agradezco de corazón, créeme... Pero no.

VICENTE.—*(Rojo.)* Esto empieza a ser humillante... Cualquier otro lo aceptaría encantado... y agradecido.

MARIO.—Lo sé, Vicente, lo sé... Discúlpame.

VICENTE.—¿Qué quiere decir ese «discúlpame»? ¿Que sí o que no?

MARIO.—*(Terminante.)* Que no.

(ENCARNA *suspira, decepcionada.*)

VICENTE.—*(Después de un momento, muy seco.)* Como quieras.

(Se sienta.)

MARIO.—Adiós, Vicente. Y gracias.

(Sale y cierra. Una pausa.)

VICENTE.—Hace años que me he resignado a no entenderle. Sólo puedo decir: es un orgulloso y un imbécil. *(Suspira.)* Nos meterán aquí a otro; [aún no sé quién será.] Pero tú no te preocupes: sigues conmigo, y con aumento de sueldo.

ENCARNA.—Yo también te doy las gracias.

VICENTE.—*(Con un movimiento de contrariedad.)* No sabe él lo generosa que era mi oferta. Porque le he mentido: no me agradaría tenerle aquí. Con sus rarezas resultaría bastante incómodo... [Y se enteraría de lo nuestro, y puede que también le pareciera censurable, porque es un estúpido que no sabe nada de la vida.] ¡Ea! No quiero pensarlo más. ¿Algo que firmar?

ENCARNA.—No.

VICENTE.—¿Ningún asunto pendiente? *(Un silencio.)* ¿Eh?

ENCARNA.—*(Con dificultad.)* No.

(Y rompe a llorar.)

VICENTE.—¿Qué te pasa?

ENCARNA.—Nada.

VICENTE.—Nervios... Tu continuidad garantizada...

(Se levanta y va a su lado.)

ENCARNA.—Eso será.

VICENTE.—*(Ríe.)* ¡Pues no hay que llorarlo, sino celebrarlo! *(Íntimo.)* ¿Tienes algo que hacer?

ENCARNA.—Es jueves...

VICENTE.—*(Contrariado.)* Tu amiga.

ENCARNA.—Sí.

VICENTE.—Pensé que hoy me dedicarías la tarde.

ENCARNA.—Ahora ya no puedo avisarla.

VICENTE.—Vamos a donde sea, te disculpas y te espero en el coche.

ENCARNA.—No estaría bien... Mañana, si quieres...

(Un silencio.)

VICENTE.—*(Molesto.)* A tu gusto. Puedes marcharte.

> *(ENCARNA se levanta, recoge su bolso y se vuelve, indecisa, desde la puerta.)*

ENCARNA.—Hasta mañana...
VICENTE.—Hasta mañana.
ENCARNA.—Y gracias otra vez...
VICENTE.—*(Irónico.)* ¡De nada! De nada.

> *(ENCARNA sale. VICENTE se pasa la mano por los ojos, cansado. Repasa unos papeles, enciende un cigarrillo y se recuesta en el sillón. Fuma, abstraído. Comienza a oírse, muy lejano, el ruido del tren, al tiempo que la luz crece y se precisa en el cuarto de estar. La puerta de la casa se abre y entran LOS PADRES.)*

LA MADRE.—¿A dónde vas, hombre?
EL PADRE.—Está aquí.

> *(Entra en el cuarto de estar y mira a todos lados.)*

LA MADRE.—¿A quién buscas?
EL PADRE.—Al recién nacido.
LA MADRE.—Recorta tus postales, anda.
EL PADRE.—¡Tengo que buscar a mi hijo!

> *(La puerta de la casa se abre y entra MARIO, que avanza.)*

LA MADRE.—Siéntate...
EL PADRE.—¡Me quejaré a la autoridad! ¡Diré que no queréis disponer el bautizo!
MARIO.—¿El bautizo de quién, padre?
EL PADRE.—¡De mi hijo Vicente! *(Se vuelve súbitamente, escuchando. MARIO se recuesta en la pared y lo observa. El ruido del tren se ha extinguido.)* ¡Calla! Ahora llora.
LA MADRE.—¡Nadie llora!

EL PADRE.—Estará en la cocina.

(Va hacia el pasillo.)

MARIO.—Estará en el tren, padre.

LA MADRE.—*(Molesta.)* ¿Tú también?

EL PADRE.—*(Se vuelve.)* ¡Claro! *(Va hacia el invisible tragaluz.)* Vámonos al tren, antes de que el niño crezca. ¿Por dónde se sube?

LA MADRE.—*(Se encoge de hombros y sigue el juego.)* ¡Si ya hemos montado, tonto!

EL PADRE.—*(Desconcertado.)* No.

LA MADRE.—¡Sí, hombre! ¿No oyes la locomotora? Piii... Piii... *(Comienza a arrastrar los pies, como un niño que juega.)* Chaca-chaca, chaca-chaca, chaca-cha-ca... *(Riendo,* EL PADRE *se coloca tras ella y la imita. Salen los dos al pasillo murmurando, entre risas, su «chaca-chaca» y se meten en el dormitorio, cuya puerta se cierra. Una pausa.* MARIO *se acerca al tragaluz y mira hacia fuera, pensativo.* VICENTE *reacciona en su oficina, apaga el cigarrillo y se levanta con un largo suspiro. Mira su reloj y, con rápido paso, sale, cerrando. La luz vibra y se extingue en la oficina.* LA MADRE *abre con sigilo la puerta del dormitorio, sale al pasillo, la cierra y vuelve al cuarto de estar sofocando la risa.)* Este hombre me mata. *(Dispone unos tazones en una bandeja, sobre la cómoda.)* Al pasar ante el armario se ha puesto a mirarse en la luna, [muy serio.] Yo le digo: ¿Qué haces? Y me dice, muy bajito: Aquí, que me he encontrado con este hombre. Pues háblale. [¿Por qué no le hablas?] Y me contesta: ¡Bah! Él tampoco me dice nada. *(Muerta de risa.)* ¡Ay, qué viejo pellejo!... ¿Quieres algo para mojar?

MARIO.—*(Sin volverse.)* No, gracias. (LA MADRE *alza la bandeja y va a irse.)* ¿De qué tren habla?

LA MADRE.—*(Se detiene.)* De alguno de las revistas...

(Inicia la marcha.)

MARIO.—O de alguno real.

LA MADRE.—*(Lo mira, curiosa.)* Puede ser. Hemos tomado tantos en esta vida...

MARIO.—*(Se vuelve hacia ella.)* Y también hemos perdido alguno.

LA MADRE.—También, claro.

MARIO.—No tan claro. No se pierde el tren todos los días. Nosotros lo perdimos sólo una vez.

LA MADRE.—*(Inmóvil, con la bandeja en las manos.)* Creí que no te acordabas.

MARIO.—¿No se estará refiriendo a aquél?

LA MADRE.—Él no se acuerda de nada...

MARIO.—Tú sí te acuerdas.

LA MADRE.—Claro, hijo. No por el tren, sino por aquellos días tremendos... *(Deja la bandeja sobre la mesa.)* El tren es lo de menos. Bueno: se nos llevó a Vicentito, porque él logró meterse por una ventanilla y luego ya no pudo bajar. No tuvo importancia, porque yo le grité [que nos esperase en casa de mi prima cuando llegase a Madrid. ¿Te acuerdas?

MARIO.—No muy bien.

LA MADRE.—Al ver que no podía bajar, le dije:] Vete a casa de la tía Asunción... Ya llegaremos nosotros... Y allí nos esperó, el pobre, sin saber que, entretanto..., se había quedado sin hermanita.

MARIO.—[El otro día,] cuando traje a aquella amiga mía, mi padre la llamó Elvirita.

LA MADRE.—¿Qué me dices?

MARIO.—No lo oíste porque estabas en la cocina.

LA MADRE.—*(Lo piensa.)* Palabras que le vienen de pronto... Pero no se acuerda de nada.

MARIO.—¿Te acuerdas tú mucho de Elvirita, madre?

LA MADRE.—*(Baja la voz.)* Todos los días.

MARIO.—Los niños no deberían morir.

LA MADRE.—*(Suspira.)* Pero mueren.

MARIO.—De dos maneras.

LA MADRE.—¿De dos maneras?

MARIO.—La otra es cuando crecen. Todos estamos muertos.

(LA MADRE *lo mira, triste, y recoge su bandeja.* EL PADRE *salió de su habitación y vuelve al cuarto de estar.*)

EL PADRE.—Buenas tardes, señora. ¿Quién es usted?

LA MADRE.—*(Grave.)* Tu mujer.

EL PADRE.—*(Muy serio.)* Qué risa, tía Felisa.

LA MADRE.—¡Calla, viejo pellejo! (EL PADRE *revuelve postales y revistas sobre la mesa. Elige una postal, se sienta y se pone a recortarla.* LA MADRE *vuelve a dejar la bandeja y se acerca a* MARIO.) Esa amiga tuya parece buena chica. ¿Es tu novia?

MARIO.—No...

LA MADRE.—Pero te gusta.

MARIO.—Sí.

LA MADRE.—[No es ninguna señorita relamida, ¡qué va! Y nosotros le hemos caído bien...] Yo que tú, me casaba con ella.

MARIO.—¿Y si no quiere?

LA MADRE.—¡Huy, hijo! A veces pareces tonto.

[MARIO.—¿Crees que podría ella vivir aquí, estando padre como está?

LA MADRE.—Si ella quiere, ¿por qué no? ¿La vas a ver hoy?

MARIO.—Es posible.

LA MADRE.—Díselo.]

MARIO.—*(Sonríe.)* Suponte que ya se lo he dicho y que no se decide.

LA MADRE.—Será que quiere hacerse valer.

MARIO.—¿Tú crees?

LA MADRE.—*(Dulce.)* Seguro, hijo.

EL PADRE.—*(A* MARIO, *por alguien de una postal.)* ¿Quién es éste...?

MARIO.—*(Se abraza de pronto a su madre.)* Me gustaría que ella viniese con nosotros.

LA MADRE.—Vendrá... y traerá alegría a la casa, y niños...

MARIO.—No hables a mi hermano de ella. Todavía no.

LA MADRE.—Se alegraría...

MARIO.—Ya lo entenderás. Es una sorpresa.

LA MADRE.—Como quieras, hijo. *(Baja la voz.)* Y tú no le hables a tu padre de ningún tren. No hay que complicar las cosas... ¡y hay que vivir! *(Se miran fijamente. Suena el timbre de la casa.)* ¿Quién será?

MARIO.—Yo iré.

LA MADRE.—¿La has citado aquí?

MARIO.—No...

LA MADRE.—Como ya es visita de la casa...

MARIO.—*(Alegre.)* Es cierto. ¡Si fuera ella...!

(Va a salir al pasillo.)

EL PADRE.—¿Quién es éste...?

(MARIO lo mira un instante y sale a abrir.)

LA MADRE.—*(Al tiempo, a su marido.)* ¡El hombre del saco! ¡Uuuh! *(Y se acerca al pasillo para atisbar.* MARIO *abre. Es* VICENTE.*)* ¡Vicente, hijo! *(MARIO cierra en silencio.* VICENTE *avanza. Su madre lo abraza.)* ¿Te sucede algo?

VICENTE.—*(Sonríe.)* Te prometí venir más a menudo.

LA MADRE.—¡Pues hoy no te suelto en toda la tarde!

VICENTE.—No puedo quedarme mucho rato.

LA MADRE.—¡Ni te escucho! *(Han llegado al cuarto de estar.* LA MADRE *corre a la cómoda y saca un bolsillito de un cajón.)* ¡Y hazme el favor de esperar aquí tranquilito hasta que yo vuelva! *(Corre por el pasillo.)* ¡No tardo nada!

(Abre la puerta del piso y sale presurosa, cerrando.)

MARIO.—*(Que avanzó a su vez y se ha recostado en la entrada del pasillo.)* ¿A que trae ensaimadas?

Vicente.—*(Ríe.)* ¿A que sí? Hola, padre. ¿Cómo sigue usted?

(El padre *lo mira y vuelve a sus postales.*)

Mario.—Igual, ya lo ves. Supongo que has venido a hablarme...

Vicente.—Sí.

Mario.—Tú dirás.

(Cruza y se sienta tras su mesita.)

Vicente.—*(Con afecto.)* ¿Por qué no quieres trabajar en la Editora?

Mario.—*(Lo mira, sorprendido.)* ¿De eso querías hablarme?

[Vicente.—Sería una lástima perder esta oportunidad; quizá no tengas otra igual en años.

Mario.—¿Estás seguro de que no quieres hablarme de ninguna otra cosa?]

Vicente.—¡Claro! ¿De qué, si no? *(Contrariado,* Mario *se golpea con el puño la palma de la mano, se levanta y pasea.* Vicente *se acerca.)* Para la Editora ya trabajas, Mario. ¿Qué diferencia hay?

Mario.—*(Duro.)* Siéntate.

Vicente.—Con mucho gusto, si es que por fin vas a decir algo sensato.

(Se sienta.)

Mario.—Quizá no. *(Sonríe.)* Yo vivo aquí, con nuestro padre... Una atmósfera no muy sensata, ya lo sabes. *(Indica al* Padre.) Míralo. Este pobre demente era un hombre recto, ¿te acuerdas? Y nos inculcó la religión de la rectitud. Una enseñanza peligrosa, porque [luego, cuando te enfrentas con el mundo, comprendes que es tu peor enemiga.] *(Acusador.)* No se vive de la rectitud en nuestro tiempo. ¡Se vive del engaño, de la zancadilla, de la componenda...! Se vive pisoteando a los demás. ¿Qué hacer, entonces? O aceptas ese juego siniestro... y sales de este pozo..., o te quedas en el pozo.

VICENTE.—¿Por qué no salir?

(Frío.)

MARIO.—Te lo estoy explicando... Me repugna nuestro mundo. [Todos piensan que] en él no cabe sino comerte a los demás o ser comido. Y encima, todos te dicen: ¡devora antes de que te devoren! Te daremos bellas teorías para tu tranquilidad. La lucha por la vida... El mal inevitable para llegar al bien necesario... La caridad bien entendida... Pero yo, en mi rincón, intento comprobar si puedo salvarme de ser devorado..., aunque no devore.

VICENTE.—No siempre te estás en tu rincón, supongo.

MARIO.—No siempre. Salgo a desempeñar mil trabajillos fugaces...

VICENTE.—Algo pisotearás también al hacerlos.

MARIO.—Tan poca cosa... Me limito a defenderme. Y hasta me dejo pisotear un poco, por no discutir... Pero, por ejemplo, no me enriquezco.

VICENTE.—Es toda una acusación. ¿Me equivoco?

EL PADRE.—¿Quién es éste?

(MARIO va junto a su padre.)

MARIO.—Usted nos dijo que lo sabía.

EL PADRE.—Y lo sé.

(Se les queda mirando, socarrón.)

MARIO.—*(A su hermano.)* Es curioso. La plaza de la Ópera, en París, el señor del hongo. Y la misma afirmación.

VICENTE.—Tú mismo has dicho que era un pobre demente.

MARIO.—Pero un hombre capaz de preguntar lo que él pregunta... tiene que ser mucho más que un viejo imbécil.

VICENTE.—¿Qué pregunta?

MARIO.—¿Quién es éste? ¿Y aquél? ¿No te parece una pregunta tremenda?

VICENTE.—¿Por qué?

MARIO.—¡Ah! Si no lo entiendes...

(Se encoge de hombros y pasea.)

EL PADRE.—¿Tú tienes hijos, señorito?

VICENTE.—¿Qué?

MARIO.—Te habla a ti.

VICENTE.—Sabe usted que no.

EL PADRE. —*(Sonríe.)* Luego te daré una sorpresa, señorito.

(Y se pone a recortar algo de una revista.)

VICENTE.—[No me has contestado.] (MARIO *se detiene.*) ¿Te referías a mí cuando hablabas de pisotear y enriquecerse?

MARIO.—Sólo he querido decir que tal vez yo no sería capaz de entrar en el juego sin hacerlo.

VICENTE.—*(Se levanta.)* ¡Pero no se puede uno quedar en el pozo!

MARIO.—¡Alguien tenía que quedarse aquí!

VICENTE.—*(Se le enfrenta, airado.)* ¡Si yo no me hubiera marchado, ahora no podría ayudaros!

MARIO.—¡Pero en aquellos años había que mantener a los padres..., y los mantuve yo! Aunque mal, lo reconozco.

VICENTE.—¡Los mantuviste: enhorabuena! ¡Ahora puedes venirte conmigo y los mantendremos entre los dos!

MARIO.—*(Sincero.)* De verdad que no puedo.

VICENTE.—*(Procura serenarse.)* Mario, toda acción es impura. Pero [no todas son tan egoístas como crees.] ¡No harás nada útil si no actúas! Y no conocerás a los hombres sin tratarlos, ni a ti mismo si no te mezclas con ellos.

MARIO.—Prefiero mirarlos.

VICENTE.—¡Pero es absurdo, es delirante! ¡Estás consumiendo tu vida aquí, mientras observas a un alienado o atisbas por el tragaluz piernas de gente insignificante!... ¡Estás soñando! ¡Despierta!

MARIO.—¿Quién debe despertar? ¡Veo a mi alrededor muchos activos, pero están dormidos! ¡Llegan a creerse tanto más irreprochables cuanto más se encanallan!

VICENTE.—¡No he venido a que me insultes!

MARIO.—Pero vienes. Estás volviendo al pozo, cada vez con más frecuencia..., y eso es lo que más me gusta de ti.

EL PADRE.—*(Interrumpe su recortar y señala a una postal.)* ¿Quién es éste, señorito? ¿A que no lo sabes?

MARIO.—La pregunta tremenda.

VICENTE.—¿Tremenda?

MARIO.—Naturalmente. Porque no basta con responder «Fulano de Tal», ni con averiguar lo que hizo y lo que le pasó. Cuando supieras todo eso tendrías que seguir preguntando... Es una pregunta insondable.

VICENTE.—Pero ¿de qué hablas?

EL PADRE.—*(Que los miraba, señala otra vez a la postal.)* Habla de éste.

(Y recorta de nuevo.)

MARIO.—¿Nunca te lo has preguntado tú, ante una postal vieja? ¿Quién fue éste? Pasó en aquel momento por allí... ¿Quién era? A los activos como tú no les importa. Pero yo me lo tropiezo ahí, en la postal, inmóvil...

VICENTE.—O sea, muerto.

MARIO.—Sólo inmóvil. Como una pintura muy viva; como la fotografía de una célula muy viva. Lo retrataron; ni siquiera se dio cuenta. Y yo pienso... Te vas a reír...

VICENTE.—*(Seco.)* Puede ser.

MARIO.—Pienso si no fue retratado para que yo, muchos años después, me preguntase quién era. (VICENTE *lo mira con asombro.)* Sí, sí; y también pienso a veces si se podría...

(Calla.)

VICENTE.—¿El qué?

MARIO.—Emprender la investigación.

VICENTE.—No entiendo.

MARIO.—Averiguar quién fue esa sombra, [por ejemplo.] Ir a París, publicar anuncios, seguir el hilo... ¿Encontraríamos su recuerdo? ¿O acaso a él mismo, ya anciano, al final del hilo? Y así, con todos.

VICENTE.—(Estupefacto.) ¿Con todos?

MARIO.—Tonterías. Figúrate. Es como querer saber el comportamiento de un electrón en una galaxia lejanísima.

VICENTE.—(Riendo.) ¡El punto de vista de Dios!

(EL PADRE los mira gravemente.)

MARIO.—Que nunca tendremos, pero que anhelamos.

VICENTE.—(Se sienta, aburrido.) Estás loco.

MARIO.—Sé que es un punto de vista inalcanzable. Me conformo por eso con observar las cosas, (Lo mira.) y a las personas, desde ángulos inesperados...

VICENTE.—(Despectivo, irritado.) Y te las inventas, como hacíamos ante el tragaluz cuando éramos muchachos.

MARIO.—¿No nos darán esas invenciones algo muy verdadero que las mismas personas observadas ignoran?

VICENTE.—¿El qué?

MARIO.—Es difícil explicarte... Y además, tú ya no juegas a eso... Los activos casi nunca sabéis mirar. Sólo veis los tópicos en que previamente creíais. Yo procuro evitar el tópico. Cuando me trato con ellos me pasa lo que a todos: [la experiencia es amarga.] Noto que son unos pobres diablos, que son hipócritas, que son enemigos, que son deleznables... Una tropa de culpables y de imbéciles. Así que observo... esas piernas que pasan. Y entonces creo entender que también son otras cosas... inesperadamente hermosas. O sorprendentes.

VICENTE.—(Burlón.) ¿Por ejemplo?

Mario.—*(Titubea.)* No es fácil dar ejemplos. Un ademán, una palabra perdida... No sé. Y, muy de tarde en tarde, alguna verdadera revelación.

El padre.—*(Mirándose las manos.)* ¡Cuántos dedos!

Vicente.—*(A su hermano.)* ¿Qué ha dicho?

El padre.—*(Levanta una mano.)* Demasiados dedos. Yo creo que estos dos sobran.

> *(Aproxima las tijeras a su meñique izquierdo.)*

Vicente.—*(Se levanta en el acto.)* ¡Cuidado! (Mario, *que se acercó a su padre, le indica a su hermano con un rápido ademán que se detenga.)* ¡Se va a hacer daño!

> *(Mario deniega y observa a su padre muy atento, pronto a intervenir. El padre intenta cortarse el meñique y afloja al sentir dolor.)*

El padre.—*(Ríe.)* ¡Duele, caramba!

> *(Y vuelve a recortar en sus revistas. Mario sonríe.)*

Vicente.—¡Pudo cortarse!

Mario.—Lo habríamos impedido a tiempo. Ahora sabemos que sus reflejos de autodefensa le responden.

[Vicente.—Una imprudencia, de todos modos.

Mario.—Ha habido que coserle los bolsillos porque se cortaba los forros. Pero no conviene contrariarle. Si tú te precipitas, quizá se habría cortado.] *(Sonríe.)* Y es que hay que observar, hermano. Observar y no actuar tanto. ¿Abrimos el tragaluz?

Vicente.—*(Burlón.)* ¿Me quieres brindar una de esas grandes revelaciones?

Mario.—Sólo intento volver un poco a nuestro tiempo de muchachos.

Vicente.—*(Se encoge de hombros y se apoya en el borde de la camilla.)* Haz lo que gustes.

> *(Mario se acerca a la pared invisible y mima el ademán de abrir el tragaluz. Se oye el rui-*

do de la falleba y acaso la luz de la habitación se amortigua un tanto. Sobre la pared
del fondo se proyecta la luminosa mancha
ampliada del tragaluz, cruzada por la sombra de los barrotes. EL PADRE abandona las
tijeras y mira, muy interesado. No tarda en
pasar la sombra de las piernas de un vian-
dante cualquiera.)

EL PADRE.—¡Siéntense!
VICENTE.—(Ríe.) ¡Como en el cine!

(Y ocupa una silla.)

MARIO.—Como entonces.

(Se sienta. Los tres observan el tragaluz.
Ahora son unas piernas femeninas las que
pasan, rápidas. Poco después, las piernas de
dos hombres cruzan despacio en dirección
contraria. Tal vez se oye el confuso murmullo de su charla.)

VICENTE.—(Irónico.) Todo vulgar, insignificante...
MARIO.—[¿Te parece?] (Una pareja cruza: piernas de
hombre junto a piernas de mujer. Se oyen sus risas.
Cruzan las piernas de otro hombre, que se detiene un
momento y se vuelve, al tiempo que se oye decir a alguien: «¡No tengas tanta prisa!» Las piernas del que
habló arrojan su sombra: venía presuroso y se reúne
con el anterior. Siguen los dos su camino y sus sombras
desaparecen.) Eso digo yo: no tengas tanta prisa. (Entre risas y gritos de «¡Maricón el último!», pasan corriendo las sombras de tres chiquillos.) Chicos del barrio. Quizá van a comprar su primer pitillo en la esquina: por eso hablan ya como hombrecitos. Alguna vez
se paran, golpean en los cristales y salen corriendo...
VICENTE.—Los conocías ya.
MARIO.—(Sonríe y concede.) Sí. (Al tiempo que cruzan las piernas de un joven.) ¿Y ése?

VICENTE.—¡No has podido ver nada!

MARIO.—Llevaba en la mano un papelito, y tenía prisa. ¿Una receta? La farmacia está cerca. Hay un enfermo en casa. Tal vez su padre... (VICENTE *deniega con energía, escéptico. Cruza la sombra de una vieja que se detiene, jadeante, y continúa.)* ¿Te has fijado?

VICENTE.—¿En qué?

MARIO.—Ésta llevaba un bote, con una cuchara. Las sobras de alguna casa donde friega. Es el fracaso... Tenía varices en las pantorrillas. Es vieja, pero tiene que fregar suelos...

VICENTE.—*(Burlón.)* Poeta.

(Pasan dos sombras más.)

MARIO.—[No tanto.] *(Cruza lentamente la sombra de unas piernas femeninas y una maleta.)* ¿Y ésta?

VICENTE.—¡Si ya ha pasado!

MARIO.—Y tú no has visto nada.

VICENTE.—Una maleta.

MARIO.—De cartón. Y la falda, verde manzana. Y el andar, inseguro. Acaso otra chica de pueblo que viene a la ciudad... La pierna era vigorosa, de campesina.

VICENTE.—*(Con desdén.)* ¡Estás inventando!

MARIO.—*(Con repentina y desconcertante risa.)* ¡Claro, claro! Todo puede ser mentira.

VICENTE.—¿Entonces?

MARIO.—Es un juego. Lo más auténtico de esas gentes se puede captar, pero no es tan explicable.

VICENTE.—*(Con sorna.)* Un «no sé qué».

MARIO.—Justo.

VICENTE.—Si no es explicable no es nada.

MARIO.—No es lo mismo «nada» que «no sé qué».

(Cruzan dos o tres sombras más.)

VICENTE.—¡Todo esto es un disparate!

MARIO.—*(Comenta, anodino y sin hacerle caso, otra sombra que cruza.)* Una madre joven, con el cochecito de su hijo. El niño podría morir hoy mismo, pero ella, ahora, no lo piensa... *(Ante el gesto de fastidio de su hermano.)* Por supuesto, puede ser otra mentira. *(Ante otra sombra, que se detiene.)* ¿Y éste? No tiene mucho que hacer. Pasea.

(De pronto, la sombra se agacha y mira por el tragaluz. Un momento de silencio.)

EL PADRE.—¿Quién es ése?

(La sombra se incorpora y desaparece.)

VICENTE.—*(Incómodo.)* Un curioso...

MARIO.—*(Domina con dificultad su emoción.)* Como nosotros. Pero ¿quién es? Él también se pregunta: ¿quiénes son ésos? Ésa sí era una mirada... sobrecogedora. Yo me siento... él...

VICENTE.—¿Era éste el prodigio que esperabas?

MARIO.—*(Lo considera con ojos enigmáticos.)* Para ti no es nada, ya lo veo. Habrá que probar por otro lado.

VICENTE.—¿Probar?

(Los chiquillos vuelven a pasar en dirección contraria. Se detienen y se oyen sus voces: «Aquí nos pueden ver. Vamos a la glorieta y allí la empezamos.» «Eso, eso. A la glorieta.» «¡Maricón el último!» Corren y desaparecen sus sombras.)

MARIO.—Los de antes. Hablan de una cajetilla.

[VICENTE.—*(Intrigado a su pesar.)* ¿Tú crees?]

[MARIO].—Ya ves que he acertado.

VICENTE.—Una casualidad.

MARIO.—Desde luego tampoco éste es el prodigio. Sin embargo, yo diría que hoy...

VICENTE.—¿Qué?

MARIO.—*(Lo mira fijamente.)* Nada. *(Cruzan dos o tres sombras. VICENTE va a hablar.)* Calla.

(Miran al tragaluz. No pasa nadie.)

VICENTE.—*(Musita.)* No pasa nadie...

MARIO.—No.

VICENTE.—Ahí hay otro.

> *(Aparece la sombra de unas piernas. Perte-*
> *necen a un hombre que deambula sin prisa.*
> *Se detiene justamente ante el tragaluz y se*
> *vuelve poco a poco, con las manos en la es-*
> *palda, como si contemplase la calle. Da un*
> *par de pasos más y vuelve a detenerse. MA-*
> *RIO espía a su hermano.)*

MARIO.—¡No puede ser!

VICENTE.—¿Qué?

MARIO.—¿No te parece que es...?

VICENTE.—¿Quién? *(Un silencio.)* ¿Alguien del barrio?

MARIO.—Si es él, me pregunto qué le ha traído por aquí. Puede que venga a observar... [Estos ambientes le interesan...]

VICENTE.—¿De quién hablas?

MARIO.—Juraría que es él. ¿No crees? Fíjate bien. El pantalón oscuro, la chaqueta de mezclilla... Y esa manera de llevar las manos a la espalda... Y esa cachaza...

VICENTE.—*(Muy asombrado.)* ¿Eugenio Beltrán? *(Se levanta y corre al tragaluz. La sombra desaparece. MA-RIO no pierde de vista a su hermano. VICENTE mira en vano desde un ángulo.)* No le he visto la cara. *(Se vuelve.)* ¡Qué tontería! (MARIO *guarda silencio.)* ¡No era él, Mario! (MARIO *no contesta.)* ¿O te referías a otra persona? (MARIO *se levanta sin responder. La voz de* VI-CENTE *se vuelve áspera.)* ¿Ves cómo son figuraciones, engaños? (MARIO *va al tragaluz.)* ¡Si éstos son los prodigios que se ven desde aquí, me río de tus prodigios! ¡Si es ésta tu manera de conocer a la gente, estás aviado! *(Al tiempo que pasa otra sombra,* MARIO *cierra el tragaluz y gira la invisible falleba. La enrejada mancha luminosa desaparece.)* ¿O vas a sostener que era él? ¡No lo era!

MARIO.—*(Se vuelve hacia su hermano.)* Puede que no fuera él. Y puede que en eso, precisamente, esté el pródigio.

> *(Torna a su mesilla y recoge de allí un pitillo, que enciende.* VICENTE *se ha inmutado; ahora no lo pierde de vista. Va a hablar, pero se arrepiente. La luz vibra y crece en el primer término.* ENCARNA *entra por la izquierda, mira hacia la derecha, consulta su reloj y se sienta junto al velador.* EL PADRE *se levanta llevando en la mano un muñeco que ha recortado.)*

EL PADRE.—Toma, señorito. (VICENTE *lo mira, desconcertado*.) Hay que tener hijos y velar por ellos. Toma uno. (VICENTE *toma el muñeco*. EL PADRE *va a volver a su sillón y se detiene*.) ¿No llora otra vez? (VICENTE *lo mira, asombrado*.) Lo oigo en el pasillo.

> *(Va hacia el pasillo. La puerta del fondo se abre y entra* LA MADRE *con un paquetito.)*

LA MADRE.—*(Mientras cierra.)* Me han hecho esperar, hijo. Ahora mismo merendamos.

EL PADRE.—Ya no llora.

> *(Vuelve a sentarse para mirar revistas.)*

LA MADRE.—Te he traído ensaimadas. *(Exhibe el paquetito y lo deja sobre la cómoda.)* ¡En un momento caliento la leche!

> *(Corre al pasillo y se detiene al oír a su hijo.)*

VICENTE.—*(Frío.)* Lo siento, madre. Tengo que irme.

LA MADRE.—Pero hijo...

VICENTE.—Se me ha hecho tardísimo. *(Se acerca al* PADRE *para devolverle el muñeco de papel, que conservó en la mano.* EL PADRE *lo mira. Él vacila y al fin se lo guarda en el bolsillo.)* Adiós, madre.

NÚM. 1496.—3

LA MADRE.—*(Que, entretanto, abrió aprisa el paquete.)* Tómate al menos una ensaimada...

VICENTE.—No, gracias. Tengo prisa. *(La besa. Se despide de su hermano sin mirarlo.)* Adiós, Mario.

> *(Se encamina al pasillo.)*

MARIO.—Adiós.

LA MADRE.—Vuelve pronto...

VICENTE.—Cuando pueda, madre. Adiós.

LA MADRE.—*(Vuelve a besarlo.)* Adiós... *(Sale* VICENTE. MARIO *apaga bruscamente su pitillo; con gesto extrañamente eufórico, atrapa una ensaimada y la devora.* LA MADRE *lo mira, intrigada.)* Te daré a ti la leche...

MARIO.—Sólo esta ensaimada. *(Recoge su tabaco y se lo guarda.)* Yo también me voy. *(Consulta su reloj.)* Hasta luego. *(Por el pasillo, su voz parece un clarín.)* ¡Está muy rica esta ensaimada, madre!

> *(*MARIO *sale.* LA MADRE *se vuelve hacia su marido, pensativa.)*

LA MADRE.—Si pudiéramos hablar como hace años, me contarías...

> *(Suspira y se va hacia la cocina, cuya puerta cierra. Una pausa. Se oye un frenazo próximo.* ENCARNA *mira hacia la derecha y se turba. Para ocultar su cara se vuelve un tanto.* VICENTE *aparece por la derecha y llega a su lado.)*

VICENTE.—¿Qué haces tú aquí?

ENCARNA.—¡Hola! ¡Qué sorpresa!

VICENTE.—Eso digo yo.

ENCARNA.—Esperaba a mi amiga. *(Consulta la hora.)* Ya no viene.

VICENTE.—¿Cómo lo sabes?

ENCARNA.—Llevo aquí mucho rato...

VICENTE.—*(Señala al velador.)* ¿Sin tomar nada?

ENCARNA.—*(Cada vez más nerviosa.)* Bebí una cerveza... Ya se han llevado el vaso.

(Mira inquieta hacia el café invisible. Un silencio. VICENTE *lanza una ojeada suspicaz hacia la derecha.)*

VICENTE.—Mis padres y mi hermano viven cerca. ¿Lo sabías?

ENCARNA.—Qué casualidad...

VICENTE.—*(En tono de broma.)* ¿No será a un amigo a quien esperabas?

ENCARNA.—*(Roja.)* No me gustan esas bromas.

VICENTE.—¿No me invitas a quedarme? Podemos esperar a tu amiga juntos.

ENCARNA.—¡Si ya no vendrá! *(Baja la cabeza, trémula.)* Pero... como quieras.

VICENTE.—*(La mira fijamente.)* Mejor será irse. Ahora sí que podrás dedicarme la noche...

ENCARNA.—¡Claro! *(Se levanta, ansiosa.)* ¿A dónde vamos?

VICENTE.—A mi casa, naturalmente.

(La toma del brazo y salen los dos por la derecha. El coche arranca. Una pausa. Se oyen golpecitos en un cristal. EL PADRE *levanta la vista de sus revistas y, absorto, mira al tragaluz.* MARIO *entra por el primer término derecho y, al ver el velador solitario, frunce las cejas. Mira su reloj; esboza un gesto de desesperanza. Se acerca al velador, vacila. Al fin se sienta, con expresión sombría. Una pausa. Los golpecitos sobre el cristal se repiten.* EL PADRE, *que los aguardaba, se levanta; mira hacia el fondo para cerciorarse de que nadie lo ve y corre a abrir el tragaluz. La claridad del primer término se amortiguó notablemente.* MARIO *es casi una sombra inmóvil. Sobre el cuarto de estar*

*vuelve a proyectarse la luminosa mancha del
tragaluz. Agachadas para mirar, se dibujan
las sombras de dos niños y una niña.)*

VOZ DE NIÑO.—*(Entre las risas de los otros dos.)*
¿Cómo le va, abuelo?

EL PADRE.—*(Ríe con ellos.)* ¡Hola!

VOZ DEL OTRO NIÑO.—¿Nos da una postal, abuelo?

VOZ DE NIÑO.—Mejor un pitillo.

EL PADRE.—*(Feliz.)* ¡No se fuma, granujas!

VOZ DE NIÑA.—¿Se viene a la glorieta, abuelo?

EL PADRE.—¡Ten tú cuidado en la glorieta, Elvirita!
¡Eres tan pequeña! *(Risas de los niños.)* ¡Mario! ¡Vicente! ¡Cuidad de Elvirita!

VOZ DEL OTRO NIÑO.—*(Entre las risas de todos.)* ¡Véngase a jugar, abuelo!

EL PADRE.—*(Riendo.)* ¡Sí, sí! ¡A jugar!...

VOZ DE NIÑO.—¡Adiós, abuelo!

(Su sombra se incorpora.)

EL PADRE.—¡Vicente! ¡Mario! ¡Elvirita! *(Las sombras inician la marcha, entre risas.)* ¡Esperadme!...

VOZ DE NIÑA.—Adiós...

(Las sombras desaparecen.)

EL PADRE.—*(Sobre las risas que se alejan.)* ¡Elvirita!...

*(Solloza inconteniblemente, en silencio. Cre-
ce una oscuridad casi total, al tiempo que
dos focos iluminan a los investigadores, que
aparecen por ambos laterales.)*

ELLA.—*(Sonriente.)* Volved a vuestro siglo... La primera parte del experimento ha terminado.

(El telón empieza a caer.)

ÉL.—Gracias por vuestra atención.

TELÓN

(*El telón comienza a subir lentamente. Se inician las vibraciones luminosas. Los investigadores, uno a cada lateral, están fuertemen-
te iluminados. El escenario está en penumbra; en la oficina y en el cuarto de estar la
luz crece un tanto. Inmóvil y sentada a la
mesa de la oficina,* ENCARNA. *Inmóviles y
abrazados en la vaga oscuridad del pasillo,*
LA MADRE *y* VICENTE.)

ELLA.—Comienza la segunda parte de nuestro experimento.

ÉL.—Sus primeras escenas son posteriores en ocho
días a las que habéis visto. *(Señala a la escena.)* Los
proyectores trabajan ya y por ello vemos presencias, si
bien aún inmóviles.

ELLA.—Los fragmentos rescatados de esos días no
son imprescindibles. Vimos en ellos a Encarna y a Vicente trabajando en la oficina y sin hablar apenas...

ÉL.—También los vimos en una alcoba, que sería
quizá la de Vicente, practicando rutinariamente el amor
físico.

ELLA.—Captamos asimismo algunos fragmentos de la
intimidad de Mario y sus padres. Muñecos recortados,
pruebas corregidas, frases anodinas... Minutos vacíos.

ÉL.—Pero no captamos ningún nuevo encuentro entre Encarna y Mario.

ELLA.—Sin duda no lo hubo.

ÉL.—El experimento se reanuda, con visiones muy nítidas, durante una inesperada visita de Vicente a su antigua casa.

> (*La luz llega a su normal intensidad en la oficina y en el cuarto de estar.* ENCARNA *comienza a moverse lentamente.*)

ELLA.—Recordaréis que su hermano se lo había dicho: «Tú vuelves cada vez con más frecuencia...»

ÉL.—(*Señala al escenario.*) El resto de la historia nos revelará los motivos.

> (*Salen* ÉL *y* ELLA *por ambos laterales. La luz crece sobre* LA MADRE *y el hijo.* ENCARNA *repasa papeles: está ordenando cartas para archivar. Su expresión es marchita.* LA MADRE *y* VICENTE *deshacen el abrazo. Mientras hablan,* ENCARNA *va al archivador y mete algunas carpetas. Pensativa, se detiene. Luego vuelve a la mesa y sigue su trabajo.*)

LA MADRE.—(*Dulce.*) ¡Te me estás volviendo otro! Vienes tanto ahora... (VICENTE *sonríe.*) Pasa, pasa. ¿Quieres tomar algo? Leche no queda, pero te puedo dar una copita de anís.

> (*Llegan al cuarto de estar.*)

VICENTE.—Nada, madre. Gracias.
LA MADRE.—O un vasito de tinto...
VICENTE.—De verdad que no, madre.

> (ENCARNA *mira al vacío, sombría.*)

LA MADRE.—¡Mala suerte la mía!
VICENTE.—¡No lo tomes tan a pecho!
LA MADRE.—¡No es eso! Yo tenía que subir a ayudar a la señora Gabriela. Quiere que le enseñe cómo se hacen los huevos a la besamel. Es más burra...
VICENTE.—Pues sube.

LA MADRE.—¡Que se espere! Tu padre salió a pasear con el señor Anselmo. No tardarán en volver, pero irán arriba.

VICENTE.—*(Se sienta con aire cansado.)* ¿No está Mario?

LA MADRE.—Tampoco.

> (ENCARNA *deja sus papeles y oculta la cabeza entre las manos.*)

VICENTE.—¿Qué tal sigue padre?

> (*Enciende un cigarrillo.*)

LA MADRE.—Bien, a su modo.

> (*Va a la mesita para tomar el cenicero de* MARIO.)

VICENTE.—¿Más irritado?

LA MADRE.—*(Avergonzada.)* ¿Lo dices por lo de... la televisión?

VICENTE.—Olvida eso.

LA MADRE.—Él siempre ha sido irritable... Ya lo era antes de enfermar.

VICENTE.—De eso hace ya mucho...

LA MADRE.—Pero me acuerdo.

> (*Le pone el cenicero al lado.*)

VICENTE.—Gracias.

LA MADRE.—Yo creo que tu padre y el señor Anselmo están ya arriba. Voy a ver.

> (*Va hacia el fondo.*)

VICENTE.—Y del tren, ¿te acuerdas?

> (LA MADRE *se vuelve despacio y lo mira. Comienza a sonar en el mismo instante el teléfono de la oficina.* ENCARNA *se sobresalta y lo mira, sin atreverse a descolgar.*)

LA MADRE.—¿De qué tren?

VICENTE.—*(Ríe, con esfuerzo.)* ¡Qué mala memoria! *(El teléfono sigue sonando.* ENCARNA *se levanta, mirándolo fijamente y retorciéndose las manos.)* Sólo perdísteis uno, que yo sepa... *(*LA MADRE *se acerca y se sienta a su lado.* ENCARNA *va a tomar el teléfono, pero se arrepiente.)* ¿O lo has olvidado?

LA MADRE.—Y tú, ¿por qué te acuerdas? ¿Porque tu padre ha dado en esa manía de que el tragaluz es un tren? Pero no tiene ninguna relación...

(El teléfono deja de sonar. ENCARNA *se sienta, agotada.)*

VICENTE.—Claro que no la tiene. Pero ¿cómo iba yo a olvidar aquello?

LA MADRE.—Fue una pena que no pudieses bajar. Culpa de aquellos brutos que te sujetaron...

VICENTE.—Quizá no debí apresurarme a subir.

LA MADRE.—¡Si te lo mandó tu padre! ¿No te acuerdas? Todos teníamos que intentarlo como pudiésemos. Tú eras muy ágil y pudiste escalar la ventanilla de aquel retrete, pero a nosotros no nos dejaron ni pisar el estribo...

*(*MARIO *entra por el primer término izquierdo, con un libro bajo el brazo y jugando, ceñudo, con una ficha de teléfono. La luz creció sobre el velador poco antes.* MARIO *se sienta al velador.* ENCARNA *levanta los ojos enrojecidos y mira al vacío: acaso imagina que* MARIO *está donde efectivamente se encuentra. Durante los momentos siguientes* MARIO *bate de vez en cuando, caviloso, la ficha sobre el velador.)*

VICENTE.—*(Entretanto.)* La pobre nena...

LA MADRE.—Sí, hijo. Aquello fue fatal. *(Se queda pensativa.* ENCARNA *torna a levantarse, consulta su reloj con atormentado gesto de duda y se queda apoyada contra el mueble, luchando consigo misma.* LA MADRE *ter-*

mina su triste recuerdo.) ¡Malditos sean los hombres
que arman las guerras! *(Suena el timbre de la casa.)*
Puede que sea tu hermano. *(Va al fondo y abre. Es su
marido, que entra sin decir nada y llega hasta el cuarto
de estar. Entretanto* LA MADRE *sale al zaguán e interpela
a alguien invisible.)* ¡Gracias, señor Anselmo! Dígale a
la señora Gabriela que ahora mismo subo. *(Cierra y
vuelve.* EL PADRE *está mirando a* VICENTE *desde el quicio del pasillo.)* ¡Mira! Ha venido Vicentito.

EL PADRE.—Claro. Yo soy Vicentito.

LA MADRE.—¡Tu hijo, bobo!

> *(Ríe.)*

EL PADRE.—Buenas tardes, señorito. A usted le tengo
yo por aquí...

> *(Va a la mesa y revuelve sus postales.)*

LA MADRE.—¿No te importa que te deje un rato con
él? Como he prometido subir...

EL PADRE.—Quizá en la sala de espera.

> *(Va a la cómoda y abre el cajón, revolviendo
> muñecos de papel.)*

VICENTE.—Sube, madre. Yo cuidaré de él.

EL PADRE.—Pues aquí no lo encuentro...

LA MADRE.—De todos modos, si viene Mario y tienes
que irte...

VICENTE.—Tranquila. Esperaré a que bajes.

LA MADRE.—*(Le sonríe.)* Hasta ahora, hijo. *(Sale corriendo por el fondo, mientras murmura.)* Maldita vieja
de los diablos, que no hace más que dar la lata...

> *(Abre y sale, cerrando.* VICENTE *mira a su
> padre.* ENCARNA *y* MARIO *miran al vacío.* EN-
> CARNA *se humedece los labios, se apresta a
> una dura prueba. Con rapidez casi neurótica
> enfunda la máquina, recoge su bolso y, con
> la mano en el pestillo de la puerta, alienta,*

*medrosa. Al fin abre y sale, cerrando. Desa-
lentado por una espera que juzga ya inútil,*
MARIO *se levanta y cruza para salir por la
derecha.* EL PADRE *cierra el cajón de la cómoda y se vuelve.)*

EL PADRE.—Aquí tampoco está usted. *(Ríe.)* Usted
no está en ninguna parte.

(Se sienta a la mesa y abre una revista.)

VICENTE.—*(Saca una postal del bolsillo y la pone ante
su padre.)* ¿Es aquí donde estoy, padre?

*(*EL PADRE *examina detenidamente la postal
y luego lo mira.)*

EL PADRE.—Gracias, jovencito. Siempre necesito trenes. Van todos tan repletos...

*(Mira otra vez la tarjeta, la aparta y vuelve a
su revista.)*

VICENTE.—¿Es cierto que no me recuerda?
EL PADRE.—¿Me habla usted a mí?
VICENTE.—Padre, soy su hijo.
EL PADRE.—¡Je! De algún tiempo a esta parte todos
quieren ser mis hijos. Con su permiso, recortaré a este
señor. Creo que sé quién es.
[VICENTE.—Y yo, ¿sabe quién soy?
EL PADRE.—Ya le he dicho que no está en mi ar-
chivo.
VICENTE.—*(Vuelve a ponerle delante la postal del
tren.)* ¿Ni aquí?
EL PADRE.—Tampoco.

(Se dispone a recortar.)]

VICENTE.—¿Y Mario? ¿Sabe usted quién es?
EL PADRE.—Mi hijo. Hace años que no lo veo.
VICENTE.—Vive aquí, con usted.
EL PADRE.—*(Ríe.)* Puede que esté en la sala de espera.

VICENTE.—Y... ¿sabe usted quién es Elvirita? (EL PADRE *deja de reír y lo mira. De pronto se levanta, va al tragaluz, lo abre y mira al exterior. Pasan sombras truncadas de viandantes.*) No. No subieron al tren.

EL PADRE.—(*Se vuelve, irritado.*) Subieron todos. ¡Todos o ninguno!

VICENTE.—(*Se levanta.*) ¡No podían subir todos! ¡No hay que guardarle rencor al que pudo subir!...

> (*Pasan dos amigos hablando. Las sombras de sus piernas cruzan despacio. Apenas se distinguen sus palabras.*)

EL PADRE.—¡Chist! ¿No los oye?

VICENTE.—Gente que pasa. (*Cruzan otras sombras.*) ¿Lo ve? Pobres diablos a quienes no conocemos. (*Enérgico.*) ¡Vuelva a sentarse, padre! (*Perplejo,* EL PADRE *vuelve despacio a su sitio.* VICENTE *lo toma de un brazo y lo sienta suavemente.*) No pregunte tanto quiénes son los que pasan, o los que están en esas postales... Nada tienen que ver con usted y muchos de ellos ya han muerto. En cambio, dos de sus hijos viven... Tiene que aprender a reconocerlos. (*Cruzan sombras rápidas. Se oyen voces:* «¡Corre, que no llegamos!» «¡Sí, hombre! ¡Sobra tiempo!»*) Ya los oye: personas corrientes, que van a sus cosas.

EL PADRE.—No quieren perder el tren.

VICENTE.—(*Se enardece.*) ¡Eso es una calle, padre! Corren para no perder el autobús, o porque se les hace tarde para el cine... (*Cruzan, en dirección contraria a las anteriores, las sombras de las piernas de dos muchachas. Se oyen sus voces:* «Luisa no quería, pero Vicente se puso tan pesado, chica, que...» *Se pierde el murmullo.* VICENTE *mira al tragaluz, sorprendido. Comenta, inseguro.*) Nada... Charlas de muchachas...

EL PADRE.—Han nombrado a Vicente.

VICENTE.—(*Nervioso.*) ¡A otro Vicente!

EL PADRE.—(*Exaltado, intenta levantarse.*) ¡Hablaban de mi hijo!

VICENTE.—*(Lo sujeta en la silla.)* ¡Yo soy su hijo! ¿Tiene usted algo que decirle a su hijo? ¿Tiene algo que reprocharle?

EL PADRE.—¿Dónde está?

VICENTE.—¡Ante usted!

EL PADRE.—*(Después de mirarle fijamente vuelve a recortar su postal, mientras profiere, desdeñoso.)* Márchese.

> *(Cruzan sombras. VICENTE suspira y se acerca al tragaluz.)*

VICENTE.—¿Por qué no dice «márchate» en lugar de «márchese»? Soy su hijo.

EL PADRE.—*(Mirándolo con ojos fríos.)* Pues márchate.

VICENTE.—*(Se vuelve en el acto.)* ¡Ah! ¡Por fin me reconoce! *(Se acerca.)* Déjeme entonces decirle que me juzga mal. Yo era casi un niño...

EL PADRE.—*(Pendiente del tragaluz.)* ¡Calle! Están hablando.

VICENTE.—¡No habla nadie!

> *(Mientras lo dice, la sombra de unas piernas masculinas ha cruzado, seguida por la más lenta de unas piernas de mujer, que se detienen. Se oyen sus voces.)*

VOZ FEMENINA.—*(Inmediatamente después de hablar* VICENTE.*)* ¿Los protegerías?

VICENTE.—*(Inmediatamente después de la voz.)* ¡No hay nada ahí que nos importe!

> *(Aún no acabó de decirlo cuando se vuelve, asustado, hacia el tragaluz. La sombra masculina, que casi había desaparecido, reaparece.)*

VOZ MASCULINA.—¡Vamos!

VOZ FEMENINA.—¡Contéstame antes!

VOZ MASCULINA.—No estoy para hablar de tonterías.

> *(Las sombras denotan que el hombre aferró a la mujer y que ella se resiste a caminar.)*

Voz FEMENINA.—Si tuviéramos hijos, ¿los protegerías?
Voz MASCULINA.—¡Vamos, te he dicho!

(El hombre remolca a la mujer.)

Voz FEMENINA.—*(Angustiada.)* ¡Di!... ¿Los protegerías?...
(Las sombras desaparecen.)

VICENTE.—*(Descompuesto.)* No puede ser... Ha sido otra casualidad... *(A su padre.)* ¿O no ha pasado nadie?
EL PADRE.—Dos novios.
VICENTE.—¿Hablaban? ¿O no han dicho nada?
EL PADRE.—*(Después de un momento.)* No sé.

(VICENTE lo mira, pálido, y luego mira al tragaluz. De pronto, lo cierra con brusquedad.)

VICENTE.—*(Habla para sí, trémulo.)* No volveré aquí... No debo volver... No. (EL PADRE *empieza a reír, suave pero largamente, sin mirarlo.* VICENTE *se vuelve y lo mira, lívido.)* ¡No!... *(Retrocede hacia la cómoda, denegando.)* No.

(Se oyó la llave en la puerta. Entra MARIO, cierra y llega hasta el cuarto de estar.)

MARIO.—*(Sorprendido.)* Hola.
VICENTE.—Hola.
MARIO.—¿Te sucede algo?
VICENTE.—Nada.
MARIO.—*(Mira a los dos.)* ¿Y madre?
VICENTE.—Subió a casa de la señora Gabriela.

(MARIO cruza para dejar sobre su mesita el libro que traía.)

EL PADRE.—*(Canturrea.)*

La Rosenda está estupenda.
La Vicenta está opulenta...

MARIO.—*(Se vuelve y mira a su hermano.)* Algo te pasa.

VICENTE.—Sal de esta casa, Mario.

MARIO.—*(Sonríe y pasea.)* ¿A jugar el juego?

EL PADRE.—Ven acá, señorito. ¿A que no sabes quién es ésta?

MARIO.—¿Cuál?

EL PADRE.—Ésta. *(Le da la lupa.)* Mira bien.

(ENCARNA *entra por el primer término izquierdo y se detiene, vacilante, junto al velador. Consulta su reloj. No sabe si sentarse.)*

MARIO.—*(A su hermano.)* Es una calle muy concurrida de Viena.

EL PADRE.—¿Quién es?

MARIO.—Apenas se la distingue. Está parada junto a la terraza de un café. ¿Quién pudo ser?

EL PADRE.—¡Eso!

MARIO.—¿Qué hizo?

EL PADRE.—¡Eso! ¿Qué hizo?

MARIO.—*(A su hermano.)* ¿Y qué le hicieron?

EL PADRE.—Yo sé lo que le hicieron. Trae, señorito. Ella me dirá lo que falta. *(Le arrebata la postal y se levanta.)* Pero no aquí. Ella no hablará ante extraños.

(*Se va por el pasillo, mirando la postal con la lupa, y entra en su habitación, cerrando.*)

VICENTE.—Vente a la Editora, Mario. En la primera etapa puedes dormir en mi casa. (MARIO *lo mira y se sienta, despatarrado, en el sillón de su padre.*) Estás en peligro: actúas como si fueses el profeta de un dios ridículo... De una religión que tiene ya sus ritos: las postales, el tragaluz, los monigotes de papel... ¡Reacciona!

(ENCARNA *se decide y continúa su marcha, aunque lentamente, saliendo por el lateral derecho.*)

MARIO.—Me doy plena cuenta de lo extraños que somos. Pero yo elijo esa extrañeza.

VICENTE.—¿Eliges?

MARIO.—Mucha gente no puede elegir, o no se atreve. *(Se incorpora un poco; habla con gravedad.)* Tú y yo hemos podido elegir, afortunadamente. Yo elijo la pobreza.

VICENTE.—*(Que paseaba, se le encara.)* Se pueden tener ambiciones y ponerlas al servicio de una causa noble.

MARIO.—*(Frío.)* Por favor, nada de tópicos. El que sirve abnegadamente a una causa no piensa en prosperar y, por lo tanto, no prospera. ¡Quia! A veces, incluso pierde la vida... Así que no me hables tú de causas, ni siquiera literarias.

VICENTE.—No voy a discutir. Si es tu gusto, sigue pensando así. Pero ¿no puedes pensarlo... en la Editora?

MARIO.—¿En la Editora? *(Ríe.)* ¿A qué estáis jugando allí? Porque yo ya no lo sé...

VICENTE.—Sabes que soy hombre de ideas avanzadas. Y no sólo literariamente.

MARIO.—*(Se levanta y pasea.)* Y el grupo que os financia ahora, ¿también lo es?

VICENTE.—¿Qué importa eso? Usamos de su dinero y nada más.

MARIO.—Y ellos, ¿no os usan a vosotros?

VICENTE.—¡No entiendes! Es un juego necesario...

MARIO.—¡Claro que entiendo el juego! Se es un poco revolucionario, luego algo conservador... No hay inconveniente, pues para eso se siguen ostentando ideas avanzadas... El nuevo grupo nos utiliza... Nos dejamos utilizar, puesto que los utilizamos... ¡Y a medrar todos! Porque ¿quién sabe ya hoy a lo que está jugando cada cual? Sólo los pobres saben que son pobres.

VICENTE.—Vuelves a acusarme y eso no me gusta.

MARIO.—A mí no me gusta tu Editora.

VICENTE.—*(Se acerca y le aferra por un hombro.)* ¡No quiero medias palabras!

Mario.—¡Te estoy hablando claro! ¿Qué especie de repugnante maniobra estáis perpetrando contra Beltrán?

Vicente.—*(Rojo.)* ¿De qué hablas?

Mario.—¿Crees que no se nota? La novela que le íbais a editar, de pronto, no se edita. En las pruebas del nuevo número de la revista, tres alusiones contra Beltrán; una de ellas, en tu columna. Y un artículo contra él. ¿Por qué?

Vicente.—*(Le da la espalda y pasea.)* Las colaboraciones son libres.

Mario.—También tú para encargar y rechazar colaboraciones. *(Irónico.)* ¿O no lo eres?

Vicente.—¡Hay razones para todo eso!

Mario.—Siempre hay razones para cometer una canallada.

Vicente.—Pero ¿quién es Beltrán? ¿Crees tú que él ha elegido la oscuridad y la pobreza?

Mario.—Casi. Por lo pronto, aún no tiene coche, y tú ya lo tienes.

Vicente.—¡Puede comprárselo cuando quiera!

Mario.—Pero no quiere. *(Se acerca a su hermano.)* Le interesan cosas muy distintas de las que te obsesionan a ti. No es un pobre diablo más, corriendo tras su televisión o su nevera; no es otro monicaco detrás de un volante, orgulloso de obstruir un poco más la circulación de esta ciudad insensata... Él ha elegido... la indiferencia.

Vicente.—¡Me estás insultando!

Mario.—¡Él es otra esperanza! Porque nos ha enseñado que también así se puede triunfar..., aunque sea en precario... *(Grave.)* Y contra ese hombre ejemplar os estáis inventando razones importantes para anularlo. Eso es tu Editora. *(Se están mirando intensamente. Suena el timbre de la casa.)* Y no quiero herirte, hermano. Soy yo quien está intentando salvarte a ti. *(Sale al pasillo. Abre la puerta y se encuentra ante él a* Encarna, *con los ojos bajos.)* ¿Tú? *(Se vuelve instintivamente hacia el cuarto de estar y baja la voz.)* Vete al café. Yo iré dentro de un rato.

(*Pero* VICENTE *se ha asomado y reconoce a* ENCARNA.)

VICENTE.—¡Al contrario, que entre! Sin duda no es su primera visita. ¡Adelante, Encarna! (ENCARNA *titubea y se adelanta.* MARIO *cierra.*) Ya sabes que lo sospeché. *(Fuerte.)* ¿Qué haces ahí parada? (ENCARNA *avanza con los ojos bajos.* MARIO *la sigue.*) No me habéis engañado: sois los dos muy torpes. ¡Pero ya se acabaron todos los misterios! *(Ríe.)* ¡Incluidos los del viejo y los del tragaluz! No hay misterios. No hay más que seres humanos, cada cual con sus mezquindades. Puede que todos seamos unos redomados hipócritas, pero vosotros también lo sois. Conque ella era quien te informaba, ¿eh? Aunque no del todo, claro. También ella es hipócrita contigo. ¡Pura hipocresía, hermano! No hay otra cosa. Adobada, eso sí, con un poquito de romanticismo... ¿Sois novios? ¿Te dio ya el dulce «sí»? *(Se sienta, riendo.)* ¿A que no?

MARIO.—Aciertas. Ella no ha querido.

VICENTE.—*(Riendo.)* ¡Claro!

MARIO.—(*A* ENCARNA.) ¿Le hablaste de la carta?

(Ella deniega.)

VICENTE.—¡Siéntate, Encarna! ¡Como si estuvieras en tu casa! *(Ella se sienta.)* ¡Vamos a ver! ¿De qué carta me tenías que hablar?

(Un silencio.)

MARIO.—Sabes que estoy a tu lado y que te ayudaré.

(Un silencio.)

VICENTE.—¡Me intrigáis!

MARIO.—¡Ahora o nunca, Encarna!

ENCARNA.—*(Desolada.)* Yo... venía a decirte algo a ti. Sólo a ti. Después, le habría hablado. Pero ya...

(Se encoge de hombros, sin esperanza.)

MARIO.—*(Le pone una mano en el hombro.)* Te juro que no hay nada perdido. *(Dulce.)* ¿Quieres que se lo diga yo?

(Ella desvía la vista.)

VICENTE.—¡Sí, hombre! ¡Habla tú! Veamos qué misteriosa carta es ésa.

MARIO.—*(Después de mirar a* ENCARNA, *que rehúye la mirada.)* De una Editora de París, pidiéndoos los derechos de una obra de Beltrán.

VICENTE.—*(Lo piensa. Se levanta.)* Sí... Llegó una carta y se ha traspapelado. *(Con tono de incredulidad.)* ¿La tenéis vosotros?

MARIO.—*(Va hacia él.)* Ha sido encontrada, hecha añicos, en tu cesto.

VICENTE.—*(Frío.)* ¿Te dedicas a mirar en los cestos, Encarna?

MARIO.—¡Fue casual! Al tirar un papel vio el membrete y le llamó la atención.

VICENTE.—¿Por qué no me lo dijiste? Le habríamos pasado en seguida una copia al interesado. No olvides llevarla mañana. (ENCARNA *lo mira, perpleja.)* Quizá la rasgué sin darme cuenta al romper otros papeles...

MARIO.—*(Tranquilo.)* Embustero.

VICENTE.—¡No te tolero insultos!

MARIO.—Y toda esa campaña de la revista contra Beltrán, ¿también es involuntaria? ¡Está mintiendo, Encarna! ¡No se lo consientas! ¡Tú puedes hablarle de muchas otras cosas!

VICENTE.—¡Ella no hablará de nada! [Y tampoco me habría hablado de nada después de hablar contigo, como ha dicho, porque tampoco a ti te habría revelado nada especial... Alguna mentirilla más, para que no la obligases a plantearme esas manías tuyas.] ¿Verdad, En-

carna? Porque tú no tienes nada que reprocharme... Eso
se queda para los ilusos que miran por los tragaluces y
ven gigantes donde deberían ver molinos. *(Sonríe.)* No,
hermano. Ella no dice nada... *(Mira a* ENCARNA, *que lo
mira.)* Ni yo tampoco. *(Ella baja la cabeza.)* Y ahora,
Encarna, escucha bien: ¿quieres seguir a mi lado?

> *(Un silencio.* ENCARNA *se levanta y se apar-
> ta, turbada.)*

MARIO.—¡Contesta!
ENCARNA.—*(Musita, con enorme cansancio.)* Sí.
MARIO.—No.

> *(Ella lo mira.)*

VICENTE.—¿Cómo?
MARIO.—Encarna, mañana dejas la Editora.
VICENTE.—*(Riendo.)* ¡Si no puede! Eso sí lo diré.
¿Tan loco te ha vuelto el tragaluz que ni siquiera te das
cuenta de cómo es la chica con quien sales? ¿No la
escuchabas, no le mirabas a la cara? ¿Le mirabas sólo
a las piernas, como a los que pasan por ahí arriba? ¿No
sabes que escribe «espontáneo» con equis? ¿Que con-
funde Belgrado con Bruselas? Y como no aprendió a
guisar, ni a coser, no tiene otra perspectiva que la miseria..., salvo a mi lado. Y a mi lado seguirá, si quiere,
porque..., a pesar de todo, la aprecio. Ella lo sabe...
Y me gusta ayudar a la gente, si puedo hacerlo. Eso
también lo sabes tú.
MARIO.—Has querido ofender con palabras suaves...
¡Qué torpeza! Me has descubierto el terror que le causas.
VICENTE.—¿Terror?
MARIO.—¡Ah, pequeño dictadorzuelo, con tu pequeño
imperio de empleados a quienes exiges que te pongan
buena cara mientras tú ahorras de sus pobres sueldos
para tu hucha! ¡Ridículo aprendiz de tirano, con las
palabras altruistas de todos los tiranos en la boca!...
VICENTE.—¡Te voy a cerrar la tuya!

MARIO.—¡Que se avergüence él de tu miedo, Encarna, no tú! Te pido perdón por no haberlo comprendido. Ya nunca más tendrás miedo. Porque tú sabes que aquí, desde mañana mismo, tienes tu amparo.

VICENTE.—¿Le estás haciendo una proposición de matrimonio?

MARIO.—Se la estoy repitiendo.

VICENTE.—Pero todavía no ha accedido. *(Lento.)* Y no creo que acceda. *(Un silencio.)* ¿Lo ves? No dice nada.

MARIO.—¿Quieres ser mi mujer, Encarna?

ENCARNA.—*(Con mucha dificultad, después de un momento.)* No.

(VICENTE *resuella y sonríe, satisfecho.* MARIO *mira a* ENCARNA, *estupefacto, y va a sentarse lentamente al sillón de su padre.)*

VICENTE.—¡Ea! Pues aquí no ha pasado nada. Un desengaño sentimental sin importancia. Encarna permanece fiel a la Editora y me atrevo a asegurar que más fiel que nunca. No te molestes en ir por las pruebas; te las iré enviando para ahorrarte visitas que, sin duda, no te son gratas. Yo también te libraré de las mías: tardaré en volver por aquí. Vámonos, Encarna.

(Se encamina al pasillo y se vuelve. Atrozmente nerviosa, ENCARNA *mira a los dos.* MARIO *juguetea, sombrío, con las postales.)*

ENCARNA.—Pero no así...

VICENTE.—*(Seco.)* No te entiendo.

ENCARNA.—Así no, Vicente... (MARIO *la mira.)* ¡Así no!

VICENTE.—*(Avanza un paso.)* ¡Vámonos!

ENCARNA.—¡No!... ¡No!

VICENTE.—¿Prefieres quedarte?

ENCARNA.—*(Con un grito que es una súplica.)* ¡Mario!

VICENTE.—¡Cállate y vámonos!

ENCARNA.—¡Mario, yo venía a decírtelo todo! Te lo juro. Y voy a decirte lo único que aún queda por decir...
VICENTE.—¿Estás loca?
ENCARNA.—Yo he sido la amante de tu hermano.

(MARIO *se levanta de golpe, descompuesto. Corta pausa.*)

VICENTE.—*(Avanza un paso, con fría cólera.)* Sólo un pequeño error: no ha sido mi amante. Es mi amante. Hasta ayer, por lo menos.
MARIO.—¡Canalla!
VICENTE.—*(Eleva la voz.)* Porque ahora, claro, sí ha dejado de serlo. Y también mi empleada...
MARIO.—*(Aferra a su hermano y lo zarandea.)* ¡Bribón!
ENCARNA.—*(Grita y procura separarlos.)* ¡No!
MARIO.—¡Gusano...!

(Lo golpea.)

ENCARNA.—¡No, por piedad!
VICENTE.—¡Quieto! ¡Quieto, imbécil! *(Logra repelerlo. Quedan los dos frente a frente, jadeantes. Entre los dos, ella los mira con angustia.)* ¡Ella es libre!
MARIO.—¡Ella no tenía otra salida!
VICENTE.—¡No vuelvas a inventar para consolarte! Ella me ha querido... un poco. (ENCARNA *retrocede hasta la cómoda, turbada.*) Y no es mala chica, Mario. Cásate con ella, si quieres. A mí ya no me interesa. Porque no es mala, pero es embustera, como todas. Además que, si no la amparas, se queda en la calle..., con un mes de sueldo. Tienes un mes para pensarlo. ¡Vamos, caballero andante! ¡Concédele tu mano! ¿O no te atreves? No me vas a decir que tienes prejuicios: eso ya no se estila.
MARIO.—¡Su pasado no me importa!
VICENTE.—*(Con una leve risa contenida.)* Si te entiendo... De pronto, en el presente, ha dejado de intere-

sarte. Como a mí. Pásate mañana por la Caja, muchacha. Tendrás tu sobre. Adiós.

> *(Va a irse. Las palabras de* MARIO *le de-*
> *tienen.)*

MARIO.—El sobre, naturalmente. Das uno, y a olvidar... ¡Pero tú no puedes olvidar, aunque no vuelvas!
Cuando cometas tu próxima trapacería recuerda que yo,
desde aquí, te estaré juzgando. *(Lo mira muy fijo y dice
con extraño acento.)* Porque yo sé.

VICENTE.—*(Después de un momento.)* ¿De qué hablas?

MARIO.—*(Le vuelve la espalda.)* Vete.

VICENTE.—*(Se acerca.)* ¡Estoy harto de tus insidias!
¿A qué te refieres?

MARIO.—Antes de Encarna ya has destrozado a
otros... Seguro que lo has pensado.

VICENTE.—¿El qué?

MARIO.—Que nuestro padre puede estar loco por tu
culpa.

VICENTE.—¿Porque me fui de casa? ¡No me hagas
reír!

MARIO.—¡Si no te ríes! *(Va a la mesa y recoge una
postal.)* Toma. Ya es tarde para traerla. (VICENTE *se inmuta.* ENCARNA *intenta atisbar la postal.)* Sí, Encarna: la
misma que no quiso traer hace días, él sabrá por qué.

VICENTE.—*(Le arrebata la postal.)* ¡No tienes derecho
a pensar lo que piensas!

MARIO.—¡Vete! ¡Y no mandes más sobres!

VICENTE.—*(Estalla.)* ¡Esto no puede quedar así!

MARIO.—*(Con una risa violenta.)* ¡Eso tú sabrás!

VICENTE.—*(Manosea, nervioso, la postal.)* ¡Esto no va
a quedar así!

> *(Se vuelve, ceñudo, traspone el pasillo y sale
> de la casa dando un tremendo portazo.* MA-
> RIO *dedica una larga, tristísima mirada a* EN-
> CARNA, *que se la devuelve con ansiedad in-*

mensa. Luego se acerca al tragaluz y mira,
absorto, la claridad exterior.)

ENCARNA.—Mario... *(Él no responde. Ella se acerca*
unos pasos.) Él quería que me callara y yo lo he dicho...
(Un silencio.) Al principio creí que le quería... Y, sobre
todo, tenía miedo... Tenía miedo, Mario. *(Baja la voz.)*
También ahora lo tengo. *(Largo silencio.)* Ten piedad de
mi miedo, Mario.

MARIO.—*(Con la voz húmeda.)* ¡Pero tú ya no eres
Encarna!...

(Ella parpadea, trémula. Al fin, comprende
el sentido de esas palabras. Él las susurra
para sí de nuevo, mientras deniega. Ella in-
clina la cabeza y se encamina al pasillo, des-
de donde se vuelve a mirarlo con los ojos
arrasados. Después franquea el pasillo rápi-
damente y sale de la casa. La luz decrece.
ELLA y ÉL reaparecen por los laterales. Dos
focos los iluminan. ÉL señala a MARIO, que
se ha quedado inmóvil.)

ÉL.—Tal vez Mario pensó en aquel momento que es
preferible no preguntar por nada ni por nadie.

ELLA.—Que es mejor no saber.

ÉL.—Sin embargo, siempre es mejor saber, aunque sea
doloroso

ELLA.—Y aunque el saber nos lleve a nuevas igno-
rancias.

ÉL.—Pues en efecto: ¿quién es ése? Es la pregunta
que seguimos haciéndonos.

ELLA.—La pregunta invadió al fin el planeta en el siglo veintidós.

ÉL.—Hemos aprendido de niños la causa: las mentiras
y catástrofes de los siglos precedentes la impusieron
como una pregunta ineludible.

ELLA.—Quizá fueron numerosas, sin embargo, las personas que, en aquellos siglos atroces, guardaban ya en
su corazón... ¿Se decía así?

ÉL.—Igual que decimos ahora: en su corazón.

ELLA.—Las personas que guardaban ya en su corazón la gran pregunta. Pero debieron de ser hombres oscuros, habitantes más o menos alucinados de semisótanos o de otros lugares parecidos.

> (*La luz se extingue sobre* MARIO, *cuyo espectro se aleja lentamente.*)

ÉL.—Queremos recuperar la historia de esas catacumbas; preguntarnos también quiénes fueron ellos. [Y las historias de todos los demás: de los que nunca sintieron en su corazón la pregunta.]

ELLA.—Nos sabemos ya solidarios, no sólo de quienes viven, sino del pasado entero. Inocentes con quienes lo fueron; culpables con quienes lo fueron.

ÉL.—Durante siglos tuvimos que olvidar, para que el pasado no nos paralizase; ahora debemos recordar incesantemente, para que el pasado no nos envenene.

ELLA.—Reasumir el pasado vuelve más lento nuestro avance, pero también más firme.

ÉL.—Compadecer, uno por uno, a cuantos vivieron, es una tarea imposible, loca. Pero esa locura es nuestro orgullo.

ELLA.—Condenados a elegir, nunca recuperaremos la totalidad de los tiempos y las vidas. Pero en esa tarea se esconde la respuesta a la gran pregunta, si es que la tiene.

ÉL.—Quizá cada época tiene una, y quizá no hay ninguna. En el siglo diecinueve, un filósofo aventuró cierta respuesta. Para la tosca lógica del siglo siguiente resultó absurda. Hoy volvemos a hacerla nuestra, pero ignoramos si es verdadera... ¿Quién es ése?

ELLA.—Ése eres tú, y tú y tú. Yo soy tú, y tú eres yo. Todos hemos vivido, y viviremos, todas las vidas.

ÉL.—Si todos hubiesen pensado al herir, al atropellar, al torturar, que eran ellos mismos quienes lo padecían, no lo habrían hecho... Pensémoslo así, mientras la verdadera respuesta llega.

ELLA.—Pensémoslo, por si no llega...

(Un silencio.)

ÉL.—Veintiséis horas después de la escena que habéis presenciado, esta oscura historia se desenlaza en el aposento del tragaluz.

> *(Señala al fondo, donde comienzan las vibraciones luminosas. Desaparecen los dos por los laterales. La luz se normaliza en el cuarto de estar. MARIO y EL PADRE vienen por el pasillo. EL PADRE se detiene y escucha; MARIO llega hasta su mesita y se sienta para hojear, abstraído, un libro.)*

EL PADRE.—¿Quién habla por ahí fuera?

MARIO.—Serán vecinos.

EL PADRE.—Llevo días oyendo muchas voces. Llantos, risas... Ahora lloran. *(Se acerca al tragaluz.)* Aquí tampoco es.

(Se acerca al pasillo.)

MARIO.—Nadie llora.

EL PADRE.—Es ahí fuera. ¿No oyes? Una niña y una mujer mayor.

MARIO.—*(Seguro de lo que dice.)* La voz de la mujer mayor es la de madre.

EL PADRE.—¡Ji, ji! ¿Hablas de esa señora que vive aquí?

MARIO.—Sí.

EL PADRE.—No sé quién es. La niña sí sé quién es. *(Irritado.)* ¡Y no quiero que llore!

MARIO.—¡No llora, padre!

EL PADRE.—*(Escucha.)* No. Ahora no. *(Se irrita de nuevo.)* ¿Y quién era la que llamó antes? Era la misma voz. Y tú hablaste con ella en la puerta.

MARIO.—Fue una confusión. No venía aquí.

EL PADRE.—Está ahí fuera. La oigo.

MARIO.—¡Se equivoca!

EL PADRE.—*(Lento.)* Tiene que entrar.

> *(Se miran.* EL PADRE *va a sentarse y se absorbe en una revista. Una pausa. Se oye el ruido de la llave.* LA MADRE *entra y cierra. Llega al cuarto de estar.)*

LA MADRE.—*(Mira a hurtadillas a su hijo.)* Sal un rato si quieres, hijo.

MARIO.—No tengo ganas.

LA MADRE.—*(Con ansiedad.)* No has salido en todo el día...

MARIO.—No quiero salir.

LA MADRE.—*(Titubea. Se acerca y baja la voz.)* Hay alguien esperándote en la escalera.

MARIO.—Ya lo sé.

LA MADRE.—Se ha sentado en los peldaños... [A los vecinos les va a entrar curiosidad...]

MARIO.—Ya le he dicho [a ella] que se vaya.

LA MADRE.—¡Déjala entrar!

MARIO.—No.

LA MADRE.—¡Y os explicabais!

MARIO.—*(Se levanta y pasea.)* ¡Por favor, madre! Esto no es una riña de novios. Tú no puedes comprender.

> *(Un silencio.)*

LA MADRE.—Hace una hora me encontré a esa chica en la escalera y me la llevé a dar una vuelta. Me lo ha contado todo. [Entonces yo le he dicho que volviera conmigo y que yo te pediría que la dejases entrar.] *(Un silencio.)* ¡Es una vergüenza, Mario! Los vecinos murmurarán... No la escuches, si no quieres, pero déjala pasar. (MARIO *la mira, colérico, y va rápido a su cuarto para encerrarse. La voz de* LA MADRE *lo detiene.)* No quieres porque crees que no me lo ha contado todo. También me ha confesado que ha tenido que ver con tu hermano.

> *(Estupefacto,* MARIO *cierra con un seco golpe la puerta que abrió.)*

MARIO.—*(Se acerca a su madre.)* Y después de saber eso, ¿qué pretendes? ¿Que me case con ella?

LA MADRE.—*(Débil.)* Es una buena chica.

MARIO.—¿No es a mi hermano a quien se lo tendrías que proponer?

LA MADRE.—Él... ya sabes cómo es...

MARIO.—¡Yo sí lo sé! ¿Y tú, madre? ¿Sabes cómo es tu favorito?

LA MADRE.—¡No es mi favorito!

MARIO.—También le disculparás lo de Encarna, claro. Al fin y al cabo, una ligereza de hombre, ¿no? ¡Vamos a olvidarlo, como otras cosas! ¡Es tan bueno! ¡Nos va a comprar una nevera! ¡Y, en el fondo, no es más que un niño! ¡Todavía se relame con las ensaimadas!

LA MADRE.—No hables así.

MARIO.—¡No es mala chica Encarna, no! ¡Y además, se comprende su flaqueza! ¡El demonio de Vicente es tan simpático! Pero no es mujer para él; él merece otra cosa. ¡Mario, sí! ¡Mario puede cargar con ella!

LA MADRE.—Yo sólo quiero que cada uno de vosotros viva lo más feliz que pueda...

MARIO.—¿Y me propones a Encarna para eso?

LA MADRE.—¡Te propongo lo mejor!...

MARIO.—¿Porque él no la quiere?

LA MADRE.—*(Enérgica.)* ¡Porque ella te quiere! *(Se acerca.)* Es tu hermano el que pierde, no tú. Allá él... No quiero juzgarlo... Tiene otras cualidades... Es mi hijo. *(Le toma de un brazo.)* Esa chica es de oro puro, te lo digo yo. Por eso te confesó ayer sus relaciones con Vicente.

MARIO.—¡No hay tal oro, madre! Le fallaron los nervios, simplemente. ¡Y no quiero hablar más de esto! *(Se desprende. Suena el timbre de la puerta. Se miran. La MADRE va a abrir.)* ¡Te prohíbo que la dejes entrar!

LA MADRE.—Si tú no quieres, no entrará.

MARIO.—¡Entonces no abras!

LA MADRE.—Puede ser el señor Anselmo, o su mujer...

EL PADRE.—*(Se ha levantado y se inclina.)* La saludo respetuosamente, señora.

LA MADRE.—*(Se inclina, suspirando.)* Buenas tardes, señor.

EL PADRE.—Por favor, haga entrar a la niña.

> (LA MADRE *y el hijo se miran. Nuevo timbrazo.* LA MADRE *va a la puerta.* EL PADRE *mira hacia el pasillo.)*

MARIO.—¿A qué niña, padre?

EL PADRE.—*(Su identidad le parece evidente.)* A la niña.

> (LA MADRE *abre. Entra* VICENTE.)

VICENTE.—Hola, madre. *(La besa.)* Pregúntale a Mario si puede entrar Encarna.

MARIO.—*(Se ha asomado al oír a su hermano.)* ¿A qué vienes?

VICENTE.—Ocupémonos antes de esa chica. [No pensarás dejarla ahí toda la tarde...]

MARIO.—¿También tú temes que murmuren?

VICENTE.—*(Con calma.)* Déjala pasar.

MARIO.—¡Cierra la puerta, madre!

> (LA MADRE *vacila y al fin cierra.* VICENTE *avanza, seguido de su madre.)*

EL PADRE.—*(Se sienta y vuelve a su revista.)* No es la niña.

VICENTE.—*(Sonriente y tranquilo.)* Allá tú. De todos modos voy a decirte algo. Admito que no me he portado bien con esa muchacha... *(A su madre.)* Tú no sabes de qué hablamos, madre. Ya te lo explicaré.

MARIO.—Lo sabe.

VICENTE.—¿Se lo has dicho? Mejor. Sí, madre: una ligereza que procuraré remediar. Quería decirte, Mario, que hice mal despidiéndola y que la he readmitido.

MARIO.—¿Qué?

VICENTE.—*(Risueño, va a sentarse al sofá.)* Se lo dije esta mañana, cuando fue a recoger su sobre.

MARIO.—¿Y... se quedó?

VICENTE.—[No quería, pero yo tampoco quise escuchar negativas.] Había que escribir la carta a Beltrán y me importaba que ella misma la llevase al correo. Y así lo hicimos. *(MARIO lo mira con ojos duros y va bruscamente a su mesita para tomar un pitillo.)* Te seré sincero: no es seguro que vuelva mañana. Dijo que... lo pensaría. ¿Por qué no la convences tú? No hay que hacer un drama de pequeñeces como éstas...

LA MADRE.—Claro, hijos...

VICENTE.—*(Ríe y se levanta.)* ¡Se me olvidaba! *(Saca de su bolsillo algunas postales.)* Más postales para usted, padre. Mire qué bonitas.

EL PADRE.—*(Las toma.)* ¡Ah! Muy bien... Muy bien.

MARIO.—¡Muy bien! Vicente remedia lo que puede, adora a su familia, mamá le sonríe, papá le da las gracias y, si hay suerte, Encarna volverá a ser complaciente... La vida es bella.

VICENTE.—*(Suave.)* Por favor...

MARIO.—*(Frío.)* ¿A qué has venido?

VICENTE.—*(Serio.)* A aclarar las cosas.

MARIO.—¿Qué cosas?

VICENTE.—Ayer dijiste algo que no puedo admitir. Y no quiero que vuelvas a decirlo.

MARIO.—No voy a decirlo.

(Enciende con calma su cigarrillo.)

VICENTE.—¡Pero lo piensas! Y te voy a convencer de que te equivocas.

(Inquieta y sin dejar de observarlos, LA MADRE se sienta en un rincón.)

MARIO.—Bajar aquí es peligroso para ti... ¿O no lo sabes?

VICENTE.—No temo nada. Tenemos que hablar y lo vamos a hacer.

La madre.—Hoy no, hijos... Otro día, más tranquilos...

Vicente.—¿Es que no sabes lo que dice?

La madre.—Otro día...

Vicente.—Se ha atrevido a afirmar que cierta persona... aquí presente... ha enloquecido por mi culpa.

(Pasea.)

La madre.—Son cosas de la vejez, Mario...

Vicente.—¡Quia, madre! Eso es lo que piensas tú, o cualquiera con la cabeza en su sitio. Él piensa otra cosa.

Mario.—¿Y has venido a prohibírmelo?

Vicente.—¡A que hablemos!

La madre.—Pero no hoy... Ahora estáis disgustados...

Vicente.—Hoy, madre.

Mario.—Ya lo oyes, madre. Déjanos solos, por favor.

Vicente.—¡De ninguna manera! Su palabra vale tanto como la tuya. ¡Quieres que se vaya para que no te desmienta!

Mario.—Tú quieres que se quede para que te apoye.

Vicente.—Y para que no se le quede dentro ese infundio que te has inventado.

Mario.—¿Infundio? *(Se acerca a su padre.)* ¿Qué diría usted, padre?

(El padre *lo mira, inexpresivamente. Luego empieza a recortar un muñeco.)*

Vicente.—¡Él no puede decir nada! ¡Habla tú! ¡Explícanos ya, si puedes, toda esa locura tuya!

Mario.—*(Se vuelve y lo mira gravemente.)* Madre, si esa muchacha está todavía ahí fuera, dile que entre.

La madre.—*(Se levanta, sorprendida.)* ¿Ahora?

Mario.—Ahora, sí.

La madre.—¡Tu hermano va a tener razón! ¿Estás loco?

Vicente.—No importa, madre. Que entre.

La madre.—¡No!

Mario.—¡Hazla entrar! Es otro testigo.

LA MADRE.—¿De qué?

(*Bruscamente,* VICENTE *sale al pasillo y abre la puerta.* LA MADRE *se oprime las manos, angustiada.*)

VICENTE.—Entra, Encarna. Mario te llama.

(*Se aparta y cierra la puerta tras* ENCARNA, *que entra. Llegan los dos al cuarto de estar.* EL PADRE *mira a* ENCARNA *con tenaz interés.*)

ENCARNA.—(*Con los ojos bajos.*) Gracias, Mario.
MARIO.—No has entrado para hablar conmigo, sino para escuchar. Siéntate y escucha.

(*Turbada por la dureza de su tono,* ENCARNA *va a sentarse en un rincón, pero la detiene la voz del* PADRE.)

EL PADRE.—Aquí, a mi lado... Te estoy recortando una muñeca...
LA MADRE.—(*Solloza.*) ¡Dios mío!

(ENCARNA *titubea.*)

MARIO.—Ya que no quieres irte, siéntate, madre.

(*La conduce a una silla.*)

LA MADRE.—¿Por qué esto, hijo?...
MARIO.—(*Por su hermano.*) Él lo quiere.
EL PADRE.—(*A* ENCARNA.) Mira qué bonita...

(ENCARNA *se sienta junto al* PADRE, *que sigue recortando.* VICENTE *se sienta en la silla de la mesita.*)

LA MADRE.—(*Inquieta.*) ¿No deberíamos llevar a tu padre a su cuarto?
MARIO.—¿Quiere usted ir a su cuarto, padre? ¿Le llevo sus revistas, sus muñecos?
EL PADRE.—No puedo.

noche... (*A* VICENTE.) Esto no lo sabes aún, pero ella
también lo recordará, porque entonces sí se despertó...
Aquella noche se levantó de pronto y la emprendió a
bastonazos con las paredes..., hasta que rompió el bastón: aquella cañita antigua que él usaba. Nuestra madre
espantada, la nena llorando, y yo escuchándole una sola
palabra mientras golpeaba y golpeaba las paredes de la
sala de espera de la estación, donde nos habíamos metido a pasar la noche... (EL PADRE *atiende.*) Una sola
palabra, que repetía y repetía: ¡Bribón!... ¡Bribón!...

LA MADRE.—*(Grita.)* ¡Cállate!

[EL PADRE.—*(Casi al tiempo, señala a la cómoda.)*
¿Pasa algo en la sala de espera?

MARIO.—Nada, padre. Todos duermen tranquilos.]

VICENTE.—¿Por qué supones que se refería a mí?

MARIO.—¿A quién, si no?

VICENTE.—Pudieron ser los primeros síntomas de su
desequilibrio.

MARIO.—Desde luego. Porque él no era un hombre
al uso. Él era de la madera de los que nunca se reponen
de la deslealtad ajena.

VICENTE.—¿Estás sordo? ¡Te digo que él me mandó
subir!

LA MADRE.—¡Nos mandó subir a todos, Mario!

MARIO.—Y bajar. «¡Baja! ¡Baja!», te decía, lleno de
ira, desde el andén... Pero el tren arrancó... y se te llevó
para siempre. Porque ya nunca has bajado de él.

VICENTE.—¡Lo intenté y no pude! Yo había escalado
la ventanilla de un retrete. Cinco más iban allí dentro.
Ni nos podíamos mover.

MARIO.—Te retenían.

VICENTE.—Estábamos tan apretados... Era más difícil bajar que subir. Me sujetaron, para que no me que-
brara un hueso.

MARIO.—*(Después de un momento.)* ¿Y qué era lo
que tú sujetabas?

VICENTE.—*(Después de un momento.)* ¿Cómo?

MARIO.—¿Se te ha olvidado lo que llevabas?

VICENTE.—*(Turbado.)* ¿Lo que llevaba?

MARIO.—Colgado al cuello. ¿O no lo recuerdas? *(Un silencio.* VICENTE *no sabe qué decir.)* Un saquito. Nuestras escasas provisiones y unos pocos botes de leche para la nena. Él te lo había confiado porque eras el más fuerte... La nena murió unos días después. De hambre. (LA MADRE *llora en silencio.)* Nunca más habló él de aquello. Nunca. Prefirió enloquecer.

(Un silencio.)

VICENTE.—*(Débil.)* Fue... una fatalidad... En aquel momento, ni pensaba en el saquito...

LA MADRE.—*(Muy débil.)* Y no pudo bajar, Mario. Lo sujetaban...

(Largo silencio. Al fin, MARIO *habla, muy tranquilo.)*

MARIO.—No lo sujetaban; lo empujaban.

VICENTE.—*(Se levanta, rojo.)* ¡Me sujetaban!

MARIO.—¡Te empujaban!

VICENTE.—¡Lo recuerdas mal! ¡Sólo tenías diez años!

MARIO.—Si no podías bajar, ¿por qué no nos tiraste el saco?

VICENTE.—¡Te digo que no se me ocurrió! ¡Forcejeaba con ellos!

MARIO.—*(Fuerte.)* ¡Sí, pero para quedarte! Durante muchos años he querido convencerme de que recordaba mal; he querido creer en esa versión que toda la familia dio por buena. Pero era imposible, porque siempre te veía en la ventanilla, pasando ante mis ojos atónitos de niño, fingiendo que intentabas bajar y resistiendo los empellones que te daban entre risas aquellos soldadotes... ¿Cómo no ibas a poder bajar? ¡Tus compañeros de retrete no deseaban otra cosa! ¡Les estorbabas! *(Breve silencio.)* Y nosotros también te estorbábamos. La guerra había sido atroz para todos; el futuro era incierto y, de pronto, comprendiste que el saco era tu primer

botín. No te culpo del todo; sólo eras un muchacho
hambriento y asustado. Nos tocó crecer en años difíci-
les... ¡Pero ahora, hombre ya, sí eres culpable! Has hecho pocas víctimas, desde luego; hay innumerables ca-
nallas que las han hecho por miles, por millones. ¡Pero
tú eres como ellos! Dale tiempo al tiempo y verás crecer
el número de las tuyas... Y tu botín. (VICENTE, *que
mostró, de tanto en tanto, tímidos deseos de contestar,
se ha ido apagando. Ahora mira a todos con los ojos
de una triste alimaña acorralada.* LA MADRE *desvía la
vista.* VICENTE *inclina la cabeza y se sienta, sombrío.*
MARIO *se acerca a él y le habla quedo.*) También aquel
niño que te vio en la ventanilla del tren es tu víctima.
Aquel niño sensible, a quien su hermano mayor enseñó,
de pronto, cómo era el mundo.

EL PADRE.—(*A* ENCARNA, *con una postal en la mano.*)
¿Quién es éste, muchacha?

ENCARNA.—(*Muy quedo.*) No sé.

EL PADRE.—¡Je! Yo, sí. Yo sí lo sé.

> (*Toma la lupa y mira la postal con mucho
> interés.*)

VICENTE.—(*Sin mirar a nadie.*) Dejadme solo con él.

MARIO.—(*Muy quedo.*) Ya, ¿para qué?

VICENTE.—¡Por favor!

> (*Lo mira con ojos extraviados.*)

MARIO.—(*Lo considera un momento.*) Vamos a tu
cuarto, madre. Ven, Encarna.

> (*Ayuda a su madre a levantarse.* ENCARNA *se
> levanta y se dirige al pasillo.*)

LA MADRE.—(*Se vuelve hacia* VICENTE *antes de salir.*)
¡Hijo!...

> (MARIO *la conduce.* ENCARNA *va tras ellos.
> Entran los tres en el dormitorio y cierran la
> puerta. Una pausa.* EL PADRE *sigue miran-
> do su postal.* VICENTE *lo mira y se levanta.*

*Despacio, va a su lado y se sienta junto a
la mesa, de perfil al* PADRE, *para no verle
la cara.)*

VICENTE.—Es cierto, padre. Me empujaban. Y yo no
quise bajar. Les abandoné, y la niña murió por mi culpa.
Yo también era un niño y la vida humana no valía nada
entonces... En la guerra habían muerto cientos de miles de personas... Y muchos niños y niñas también..., de
hambre o por las bombas... Cuando me enteré de su
muerte pensé: un niño más. Una niña que ni siquiera
había empezado a vivir... *(Saca lentamente del bolsillo
el monigote de papel que su padre le dio días atrás.)*
Apenas era más que este muñeco que me dio usted...
(Lo muestra con triste sonrisa.) Sí. Pensé esa ignominia
para tranquilizarme. Quisiera que me entendiese, aunque
sé que no me entiende. Le hablo como quien habla a
Dios sin creer en Dios, porque quisiera que Él estuviese
ahí... (EL PADRE *deja lentamente de mirar la postal y
empieza a mirarlo, muy atento.)* Pero no está, y nadie es
castigado, y la vida sigue. Míreme: estoy llorando. Dentro de un momento me iré, con la pequeña ilusión de
que me ha escuchado, a seguir haciendo víctimas... De
vez en cuando pensaré que hice cuanto pude confesán-
dome a usted y que ya no había remedio, puesto que
usted no entiende... El otro loco, mi hermano, me diría:
hay remedio. Pero ¿quién puede terminar con las cana-
lladas en un mundo canalla?

(Manosea el arrugado muñeco que sacó.)

EL PADRE.—Yo.

VICENTE.—*(Lo mira.)* ¿Qué dice? *(Se miran.* VICENTE
desvía la vista.) Nada. ¿Qué va a decir? Y, sin embargo,
quisiera que me entendiese y me castigase, como cuando era un niño, para poder perdonarme luego... Pero
¿quién puede ya perdonar, ni castigar? Yo no creo en
nada y usted está loco. *(Suspira.)* Le aseguro que estoy
cansado de ser hombre. Esta vida de temores y de mala

fe, fatiga mortalmente. Pero no se puede volver a
la niñez.

EL PADRE.—No.

> *(Se oyen golpecitos en los cristales. EL PA-
> DRE mira al tragaluz con repentina ansiedad.
> El hijo mira también, turbado.)*

VICENTE.—¿Quién llamó? *(Breve silencio.)* Niños.
Siempre hay un niño que llama. *(Suspira.)* Ahora hay
que volver ahí arriba... y seguir pisoteando a los demás.
Tenga. Se lo devuelvo.

> *(Le entrega el muñeco de papel.)*

EL PADRE.—No. *(Con energía.)* ¡No!
VICENTE.—¿Qué?
EL PADRE.—No subas al tren.
VICENTE.—Ya lo hice, padre.
EL PADRE.—Tú no subirás al tren.

> *(Comienza a oírse, muy lejano, el ruido del
> tren.)*

VICENTE.—*(Lo mira.)* ¿Por qué me mira así, padre?
¿Es que me reconoce? *(Terrible y extraviada, la mirada
del PADRE no se aparta de él. VICENTE sonríe con tristeza.)* No. Y tampoco entiende... *(Aparta la vista; hay
angustia en su voz.)* ¡Elvirita murió por mi culpa, padre!
¡Por mi culpa! Pero ni siquiera sabe usted ya quién fue
Elvirita. *(El ruido del tren, que fue ganando intensidad,
es ahora muy fuerte. VICENTE menea la cabeza con pesar.)* Elvirita... Ella bajó a tierra. Yo subí... Y ahora habré de volver a ese tren que nunca para...

> *(Apenas se le oyen las últimas palabras, aho-
> gadas por el espantoso fragor del tren. Sin
> que se entienda nada de lo que dice, conti-
> núa hablando bajo el ruido insoportable. EL
> PADRE se está levantando.)*

EL PADRE.—¡No!... ¡No!...

*(Tampoco se oyen sus crispadas negaciones.
En pie y tras su hijo, que sigue profiriendo
palabras inaudibles, empuña las tijeras. Sus
labios y su cabeza dibujan de nuevo una colérica negativa cuando descarga, con inmensa furia, el primer golpe, y vuelven a negar
al segundo, al tercero... Apenas se oye el
alarido del hijo a la primera puñalada, pero
sus ojos y su boca se abren horriblemente.
Sobre el ruido tremendo se escucha, al fin,
más fuerte, a la tercera o cuarta puñalada,
su última imploración.)*

VICENTE.—¡Padre!...

*(Dos o tres golpes más, obsesivamente ases-
tados por el anciano entre lastimeras negativas, caen ya sobre un cuerpo inanimado,
que se inclina hacia delante y se desploma
en el suelo. EL PADRE lo mira con ojos in-
expresivos, suelta las tijeras y va al tragaluz, que abre para mirar afuera. Nadie pasa.
El ruido del tren, que está disminuyendo,
todavía impide oír la llamada que dibujan
sus labios.)*

EL PADRE.—¡Elvirita!...

*(La luz se extingue paulatinamente. El rui-
do del tren se aleja y apaga al mismo tiempo. Oscuridad total en la escena. Silencio
absoluto. Un foco ilumina a los investigadores.)*

ELLA.—El mundo estaba lleno de injusticia, guerras y
miedo. Los activos olvidaban la contemplación; quienes
contemplaban no sabían actuar.

ÉL.—Hoy ya no caemos en aquellos errores. Un ojo
implacable nos mira, y es nuestro propio ojo. El presen-

te nos vigila; el porvenir nos conocerá, como nosotros a quienes nos precedieron.

ELLA.—Debemos, pues, continuar la tarea imposible: rescatar de la noche, árbol por árbol y rama por rama, el bosque infinito de nuestros hermanos. Es un esfuerzo interminable y melancólico: nada sabemos ya, por ejemplo, del escritor aquel a quien estos fantasmas han citado reiteradamente. Pero nuestro próximo experimento no lo buscará; antes exploraremos la historia de aquella mujer que, sin decir palabra, ha cruzado algunas veces ante vosotros.

ÉL.—El Consejo promueve estos recuerdos para ayudarnos a afrontar nuestros últimos enigmas.

ELLA.—El tiempo... La pregunta...

ÉL.—Si no os habéis sentido en algún instante verdaderos seres del siglo veinte, pero observados y juzgados por una especie de conciencia futura; si no os habéis sentido en algún otro momento como seres de un futuro hecho ya presente que juzgan, con rigor y piedad, a gentes muy antiguas y acaso iguales a vosotros, el experimento ha fracasado.

ELLA.—Esperad, sin embargo, a que termine. Sólo resta una escena. Sucedió once días después. Hela aquí.

(Señala al lateral izquierdo, donde crecen las vibraciones luminosas, y desaparece con su compañero. El lateral derecho comienza a iluminarse también. Sentados al velador del café, ENCARNA y MARIO miran al vacío.)

ENCARNA.—¿Has visto a tu padre?

MARIO.—Ahora está tranquilo. Le llevé revistas, pero no le permiten usar tijeras. Empezó a recortar un muñeco... con los dedos. (ENCARNA suspira.) ¿Quién es mi padre, Encarna?

ENCARNA.—No te comprendo.

MARIO.—¿Es alguien?

ENCARNA.—¡No hables así!

MARIO.—¿Y nosotros? ¿Somos alguien?

ENCARNA.—Quizá no somos nada.

(Un silencio.)

MARIO.—¡Yo lo maté!

ENCARNA.—*(Se sobresalta.)* ¿A quién?

MARIO.—A mi hermano.

ENCARNA.—¡No, Mario!

MARIO.—Lo fui atrayendo... hasta que cayó en el precipicio.

ENCARNA.—¿Qué precipicio?

MARIO.—Acuérdate del sueño que te conté aquí mismo.

ENCARNA.—Sólo un sueño, Mario... Tú eres bueno.

MARIO.—Yo no soy bueno; mi hermano no era malo. Por eso volvió. A su modo, quiso pagar.

ENCARNA.—Entonces, no lo hiciste tú.

MARIO.—Yo le incité a volver. ¡Me creía pasivo, y estaba actuando tremendamente!

ENCARNA.—Él quería seguir engañándose... Acuérdate. Y tú querías salvarlo.

MARIO.—Él quería engañarse... y ver claro; yo quería salvarlo... y matarlo. ¿Qué queríamos en realidad? ¿Qué quería yo? ¿Cómo soy? ¿Quién soy? ¿Quién ha sido víctima de quién? Ya nunca lo sabré... Nunca.

ENCARNA.—No lo pienses.

MARIO.—*(La mira y baja la voz.)* ¿Y qué hemos hecho los dos contigo?

ENCARNA.—¡Calla!

MARIO.—¿No te hemos usado los dos para herirnos con más violencia?

(Un silencio.)

ENCARNA.—*(Con los ojos bajos.)* ¿Por qué me has llamado?

MARIO.—*(Frío.)* Quería saber de ti. ¿Continúas en la Editora?

ENCARNA.—Me han echado.

MARIO.—¿Qué piensas hacer?

ENCARNA.—No lo sé. *(La prostituta entra por la derecha. Con leve y aburrido contoneo profesional, se recuesta un momento en la pared.* ENCARNA *la ve y se inmuta. Bruscamente se levanta y toma su bolso.)* Adiós, Mario.

(Se encamina a la derecha.)

MARIO.—Espera.

> *(*ENCARNA *se detiene. Él se levanta y llega a su lado.* LA ESQUINERA *los mira con disimulada curiosidad y, al ver que no hablan, cruza ante ellos y sale despacio por la izquierda. El cuarto de estar se va iluminando; vestida de luto,* LA MADRE *entra en él y acaricia, con una tristeza definitiva, el sillón de su marido.)*

ENCARNA.—*(Sin mirar a* MARIO.*)* No juegues conmigo.

MARIO.—No jugaré contigo. No haré una sola víctima más, si puedo evitarlo. Si todavía me quieres un poco, acéptame.

ENCARNA.—*(Se aparta unos pasos, trémula.)* Voy a tener un hijo.

MARIO.—Será nuestro hijo. *(Ella tiembla, sin atreverse a mirarlo. Él deniega tristemente, mientras se acerca.)* No lo hago por piedad. Eres tú quien debe apiadarse de mí.

ENCARNA.—*(Se vuelve y lo mira.)* ¿Yo, de ti?

MARIO.—Tú de mí, sí. Toda la vida.

ENCARNA.—*(Vacila y, al fin, dice sordamente, con dulzura.)* ¡Toda la vida!

> *(*LA MADRE *se fue acercando al invisible tragaluz. Con los ojos llenos de recuerdos, lo abre y se queda mirando a la gente que cruza. La reja se dibuja sobre la pared; sombras de hombres y mujeres pasan; el vago rumor callejero inunda la escena. La mano*

de ENCARNA *busca, tímida, la de* MARIO. *Ambos miran al frente.*)

MARIO.—Quizá ellos algún día, Encarna... Ellos sí, algún día... Ellos...

(*Sobre la pared del cuarto de estar las sombras pasan cada vez más lentas; finalmente, tanto* LA MADRE, MARIO *y* ENCARNA, *como las sombras, se quedan inmóviles. La luz se fue extinguiendo; sólo el rectángulo del tragaluz permanece iluminado. Cuando empieza a apagarse a su vez,* ÉL *y* ELLA *reaparecen por los laterales.*)

ÉL.—Esto es todo.
ELLA.—Muchas gracias.

TELÓN

EL SUEÑO DE LA RAZÓN

(FANTASÍA)

A VICENTE SOTO, que me instó a escribir esta obra, diciéndome: «Yo creo que Goya oía a los gatos.»

A. B. V.

Esta obra se estrenó el 6 de febrero de 1970,
en el teatro Reina Victoria, de Madrid

REPARTO

DON FRANCISCO TADEO CALOMARDE..	*Antonio Queipo.*
EL REY FERNANDO VII.............	*Ricardo Alpuente.*
DON FRANCISCO DE GOYA...........	*José Bódalo.*
DOÑA LEOCADIA ZORRILLA DE WEISS.	*María Asquerino.*
DON EUGENIO ARRIETA.............	*Miguel Ángel.*
DOÑA GUMERSINDA GOICOECHEA.....	*Paloma Lorena.*
DON JOSÉ DUASO Y LATRE.........	*Antonio Puga.*
MURCIÉLAGO...................... SARGENTO DE VOLUNTARIOS REALISTAS. }	*Manuel Arias.*
CORNUDO........................ VOLUNTARIO 1.º.................. }	*José M.ª Asensi de Mora.*
DESTROZONA 1.ª................. VOLUNTARIO 2.º.................. }	*José Luis Tutor.*
DESTROZONA 2.ª................. VOLUNTARIO 3.º.................. }	*Manuel Caro.*
GATA........................... VOLUNTARIO 4.º.................. }	*Roberto Abelló.*
VOZ DE MARÍA DEL ROSARIO WEISS. OTRAS VOCES.	*Mari Nieves Aguirre.*

En Madrid. Diciembre de 1823.
Derecha e izquierda, las del espectador.
Dirección: JOSÉ OSUNA.

ADVERTENCIA

Todas las palabras del diálogo puestas entre paréntesis se
articulan por los personajes en silencio, y no cumplen en el
texto otra función que la de orientar el trabajo de los intérpre-
tes. El director puede, por consiguiente, reelaborar según su
criterio los textos auxiliares que el espectador no debe oír.

Todas las frases del diálogo puestas entre comillas son textos
goyescos.

Los fragmentos encerrados entre corchetes han sido suprimidos en las representaciones para reducirlas a la duración habitual.

PARTE PRIMERA

La escena sugiere, indistintamente, las dos salas —planta baja y piso alto— que Goya, en su quinta, decoró con las «pinturas negras». La puerta achaflanada del lateral derecho deja entrever un rellano y una escalera interior; la de la izquierda, otra sala. Junto a la pared del fondo, una gradilla, que el pintor usa para trabajar sobre los muros, y un arcón, sobre el que descansa una escopeta y en cuya tapa se han ido apiñando los tarros de colores, frascos de aceite y barniz, la paleta y los pinceles. Vuelto contra la pared, un cuadro pequeño. En el primer término izquierdo, mesa de trabajo, con grabados, papeles, álbumes, lápices, campanilla de plata y un reloj de mesa. Tras ella, un sillón. A su derecha, una silla. En el primer término derecho, tarima redonda con brasero de copa, rodeada de sillas y un sofá. Algunas otras sillas o taburetes por los rincones

(*Oscuridad total. La luz crece despacio sobre el primer término de la escena e ilumina a un hombre sentado en un sillón regio, que está absorto en una curiosa tarea: la de bordar, pulcro y melindroso, en un bastidor. Cuando se ensancha el radio de la luz se advierte, a la izquierda, a otro hombre de pie, y a la derecha, un velador con un cestillo de labor, un catalejo y una pistola. El hombre sentado es el* Rey Fernando VII. *Representa treinta y nueve años y viste de oscuro. Sobre el pecho, los destellos de una placa. Su aspecto es vi-*

goroso; la pantorrilla, robusta. Las patillas morenas enmarcan sus carnosas mejillas; las greñas del flequillo cubren a medias su frente. Bajo las tupidas cejas, dos negrísimas pupilas inquisitivas. La nariz, gruesa y derribada, monta sobre los finos labios, sumidos por el avance del mentón y de ordinario sonrientes. El caballero que lo acompaña es DON FRANCISCO TADEO CALOMARDE. *Representa unos cincuenta años y también viste de oscuro. El cabello, alborotado sobre la frente despejada; dos ojillos socarrones brillan en su acarnerada fisonomía.)*

CALOMARDE.—Vuestra Majestad borda primorosamente.

EL REY.—Favor que me haces, Calomarde...

CALOMARDE.—Justicia, señor. ¡Qué matices! ¡Qué dulzura!

EL REY.—Lo practiqué mucho en Valençay, para calmar las impaciencias del destierro. *(Breve pausa.)* No vendría mal que todos los españoles aprendiesen a bordar. Quizá se calmasen todos.

CALOMARDE.—*(Muy serio.)* Sería una cristiana pedagogía. ¿Quiere Vuestra Majestad que redacte el decreto?

EL REY.—*(Ríe.)* Aún no eres ministro, Tadeo. *(Puntadas.)* ¿Qué se dice por Madrid?

CALOMARDE.—Alabanzas a Vuestra Majestad. Las ejecuciones sumarias y los destierros han dejado sin cabeza a la hidra liberal. Los patriotas [respiran y] piensan que se la puede dar por bien muerta..., a condición de que se le siga sentando la mano.

EL REY.—Habrá mano firme. Pero sin Inquisición. Por ahora no quiero restaurarla.

CALOMARDE.—El país la pide, señor.

[EL REY.—La piden los curas. Pero desde el 14 al 20 la usaron sin freno para sus politiquerías y se ha vuelto impopular.

CALOMARDE.—Nada de aquellos seis benditos años puede hoy ser más impopular que los desafueros constitucionales de los tres siguientes. En mi humilde criterio, señor, antes de que termine 1823 Vuestra Majestad debería restaurar cuanto ayudase a borrar el crimen liberal, para que la historia lo señale como el año sublime en que la Providencia os restituyó el poder absoluto de vuestros abuelos.]

EL REY.—*(Ríe.)* Por eso. Para que mi poder sea absoluto, no quiero Inquisición.

[CALOMARDE.—Quizá más adelante...

EL REY.—*(Ríe a carcajadas.)* Quizá más adelante seas ministro. Ten paciencia, y que la Inquisición la tenga contigo.]

CALOMARDE.—*(Suspira.)* Quiera Dios que 1824 sea como un martillo implacable para *negros* y masones de toda laya.

[EL REY.—Dalo por cierto.

CALOMARDE.—Señor, he discurrido otros dos decretos muy oportunos... Si Vuestra Majestad se dignase aprobarlos el próximo año...]

EL REY.—*(Levanta la mano y lo interrumpe con frialdad.)* ¿De qué más se habla?

CALOMARDE.—*(Suave.)* Del Libro Verde, señor. (EL REY *lo mira.*) Aunque nadie lo ha visto...

EL REY.—Pues existe.

CALOMARDE.—Entonces, señor, ¿por qué guardarlo?

EL REY.—Es una relación de agravios a mi persona.

[CALOMARDE.—Que merecen, por consiguiente, pronto castigo.

EL REY.—*(Sonríe.)* Para tejer una soga es menester tiempo.]

CALOMARDE.—[Me maravilla vuestra sagacidad, señor. Ahora comprendo que] Vuestra Majestad prefiere acopiar evidencias...

EL REY.—Algo así.

CALOMARDE.—*(Después de un momento, le tiende un papel lacrado y abierto.)* ¿Como ésta?

EL REY.—*(Toma el papel.)* ¿Qué me das?

CALOMARDE.—Una carta interceptada, señor.

(EL REY *la lee y se demuda. Luego reflexiona.*)

EL REY.—¿Presenciaste tú la ejecución de Riego?

CALOMARDE.—Hace un mes, señor.

EL REY.—*(Deja la carta sobre el velador.)* Muchos relatos me han hecho de ella... ¿Cuál es el tuyo?

CALOMARDE.—Fue un día solemne. Todo Madrid aclamaba vuestro augusto nombre al paso del reo, arrastrado en un serón por un borrico...

EL REY.—Se diría un grabado de Goya.

CALOMARDE.—*(Lo mira, curioso.)* Justo, señor... Riego subió al cadalso llorando y besando las gradas, mientras pedía perdón como una mujerzuela...

EL REY.—[¿Fue así?] ¿Lo viste tú?

CALOMARDE.—Y todo Madrid conmigo.

EL REY.—Luego tuvo miedo.

CALOMARDE.—Ya se había retractado por escrito.

EL REY.—¿Bajo tormento?

CALOMARDE.—*(Desvía la vista.)* Si lo hubo, ya no lo sufría, y tuvo miedo. ¡El *héroe* de las Cabezas, el charlatán de las Cortes, el general de pacotilla apestaba de miedo! Al paso del serón los chisperos reían y se tapaban las narices...

EL REY.—*(Con un mohín de asco.)* Ahorra pormenores.

CALOMARDE.—¿Por qué no decir, señor, que la vanagloria liberal terminó en diarrea?

EL REY.—Porque no todos son tan cobardes.

CALOMARDE.—¿Piensa tal vez Vuestra Majestad en el autor de esa carta?

EL REY.—Quien escribe hoy así, o es un mentecato o un valiente.

CALOMARDE.—¡Un estafermo sin juicio, señor, como toda esa cobarde caterva de poetas y pintores! Reparad en cuántos de ellos han escapado a Francia.

EL REY.—Él no.

CALOMARDE.—Él se ha escondido en su casa de recreo, a la otra orilla del Manzanares. Como un niño que cierra los ojos, piensa que los de Vuestra Majestad no pueden alcanzarle. Sin embargo, desde este mismo balcón podéis ver la casa con vuestro catalejo.

> (*Se lo tiende.* EL REY *aparta el bordado, se levanta, ajusta el catalejo y mira al frente.*)

EL REY.—¿Es aquella quinta cercana al puente de Segovia?

CALOMARDE.—La segunda a la izquierda.

EL REY.—Apenas se divisa entre los árboles... Desde que volví a Madrid, no ha venido a rendirme pleitesía.

CALOMARDE.—Ni a cobrar su sueldo, señor. No se atreve.

EL REY.—¿Qué estará haciendo?

CALOMARDE.—Temblar.

EL REY.—Ese baturro no tiembla tan fácilmente. Y siempre fue un soberbio. Cuando se le pidió que pintase el rostro de mi primera esposa en su pintura de la real familia, contestó que él no retocaba sus cuadros.

CALOMARDE.—¡Es inaudito!

EL REY.—¡Un pretexto! La verdadera razón fue que me aborrecía. Claro que yo le pagué en la misma moneda. A mí me ha retratado poco y a mis esposas, nada.

CALOMARDE.—Suave castigo, señor. Esa carta...

EL REY.—Hay que pensarlo.

CALOMARDE.—¡No es el gran pintor que dicen, señor! Dibujo incorrecto, colores agrios... (EL REY *baja el catalejo.*) Retratos reales sin nobleza ni belleza... Insidiosos grabados contra la dinastía, contra el clero... Un gran pintor es Vicente López.

EL REY.—[Y lo prefiero desde 1814.]

> (*Se sienta.*)

[CALOMARDE.—Vuestra Majestad prueba así su buen gusto. Y su virtud, porque López es también un pintor virtuoso. Sus retratos dan justa idea de los altos méritos de sus modelos. Cuando pasen los siglos, Vuestra Majestad verá, desde el cielo, seguir brillando la fama de López y olvidados los chafarrinones de ese fatuo. A no ser que se le recuerde... por el ejemplar castigo que Vuestra Majestad le imponga.]

EL REY.—¡Cuánta severidad, Tadeo! ¿Te ha ofendido él en algo?

CALOMARDE.—Mucho menos que a Vuestra Majestad. Se negó a retratarme. (EL REY *lo mira.*) [Aunque su pintura me desagrada, quise favorecerle... Y ese insolente alegó que le faltaba tiempo.] Pero mi severidad nada tiene que ver con pequeñeces tales... Es al enemigo del rey y de la patria a quien aborrezco en él.

EL REY.—*(Risueño.)* ¿Qué quieres para ese cascarrabias? ¿La muerte de Riego?

CALOMARDE.—*(Suave.)* Es Vuestra Majestad quien la ha recordado al leer la carta.

EL REY.—*(Vuelve a bordar.)* Su prestigio es grande...

CALOMARDE.—Ese papel merece la horca. *(Un silencio. Se inclina de nuevo para apreciar el bordado.)* ¡Qué delicia esos verdes, señor! Bordar también es pintar... *(Risueño.)* ¡Vuestra Majestad pinta mejor que ese carcamal!

[EL REY.—Entonces, ¿la prisión?

CALOMARDE.—Primero, la prisión. Después, hacer justicia.]

EL REY.—*(Después de un momento.)* ¿Quién es el destinatario?

CALOMARDE.—Martín Zapater, señor. Un amigo de la infancia.

EL REY.—¿Masón? ¿Comunero?

CALOMARDE.—No hay noticias de ello... Lo estoy indagando.

[EL REY.—Los pétalos son delicados de bordar... Hay que fundir tonos diferentes... Lo más difícil es la suavidad.]

> *(Comienza a oírse el sordo latir de un corazón.)*

[CALOMARDE.—¡Qué primor! Sólo un alma noble puede expresar así el candor de las flores.]

> (EL REY [*sonríe, halagado. Pero*] *no tarda en levantar, inquieto, la cabeza. Los latidos ganaron fuerza y se precipitan, sonoros, hasta culminar en tres o cuatro rotundos golpes, a los que suceden otros más suaves y espaciados.* EL REY *se levanta antes de que el ruido cese y retrocede hacia la derecha. Un silencio.*)

EL REY.—¿Qué ha sido ese ruido?

CALOMARDE.—*(Perplejo.)* Lo ignoro, señor.

EL REY.—Ve a ver.

> (CALOMARDE *sale por la izquierda.* EL REY *empuña el pistolete del velador.* CALOMARDE *regresa.*)

CALOMARDE.—En la antecámara nada han oído, señor.

EL REY.—Era un ruido, ¿no?

CALOMARDE.—*(Titubea.)* Un ruido... débil.

EL REY.—¿Débil? *(Abandona el pistolete, se sienta y coge, pensativo, el bordado.)* Que doblen esta noche la guardia.

CALOMARDE.—Sí, Majestad.

EL REY.—*(Borda y se detiene.)* ¡No quiero gallos de pelea! ¡Quiero vasallos sumisos que tiemblen! Y un mar de llanto por todos los insultos a mi persona.

CALOMARDE.—*(Quedo.)* Muy justo, señor.

> (EL REY *borda.*)

EL REY.—Escucha, Calomarde. Esto es confidencial. Le dirás al comandante general de los Voluntarios Realistas que pase a verme mañana a las diez.

CALOMARDE.—*(Quedo.)* Así lo haré, señor.

EL REY.—*(Después de un momento.)* Y a don José Duaso y Latre...

> *(Calla.)*

CALOMARDE.—Al padre Duaso...

EL REY.—Le dirás que le espero también.

CALOMARDE.—¿A la misma hora?

EL REY.—A otra. Que no se vean. A las tres de la tarde.

CALOMARDE.—Corriente, señor.

EL REY.—*(Bordando.)* ¿No es aragonés el padre Duaso?

CALOMARDE.—Aragonés, señor, como yo. *(Breve pausa.)* Y como don Francisco de Goya y Lucientes.

(Se miran. EL REY sonríe y se aplica al bordado. Oscuro lento. Cuando vuelve la luz, ilumina en primer término a un anciano que mira por un catalejo hacia el frente. En el fondo se proyecta, despacio, el Aquelarre. *Blancos son ya los cabellos y patillas del anciano, más bien bajo de estatura, pero vigoroso y erguido. Viste una vieja bata llena de manchas de pintura. Cuando baja el catalejo descubre una hosca e inconfundible fisonomía: la de* DON FRANCISCO DE GOYA. *El viejo pintor vuelve a mirar por el catalejo; luego suspira, se dirige a la mesa, deja allí el instrumento y recoge unas gafas, que se cala. Se vuelve y mira a la pintura del fondo por unos segundos; se acerca luego al arcón, toma paleta y pinceles, sube por la gradilla y da unas pinceladas en el* Aquelarre. *Óyese de pronto un suave maullido.* GOYA *se detiene, sin volver la cabeza, y a poco sigue pintando. Otro maullido. El pintor vuelve a detenerse. Los maullidos menudean; dos o tres gatos los emiten casi al tiempo.* GOYA *sacude la cabeza y, con la mano libre, se oprime un oído. Silencio.* GOYA *baja de la gradilla, deja sus trebejos y avanza, mirando a los rincones. Un largo maullido le fuerza a mirar a una de las*

*puertas. Silencio. El pintor arroja las gafas
sobre la mesa, se despoja de la bata y vocifera con su agria voz de sordo.)*

GOYA.—¡Leo! *(Breve pausa.)* ¡Leocadia! *(Va al sofá,
de donde recoge su levitón.)* ¿No hay nadie en la casa?
(Vistiéndose, va a la puerta izquierda.) ¡Nena!... ¡Mariquita!

*(Aguarda, ansioso. Se oye la risa de una niña
de ocho años. Una risa débil, lejana, extraña.
Se extingue la risa. Turbado, GOYA vuelve al
centro y torna a oprimirse los oídos. En un
rapto de silenciosa furia empuña la campanilla de la mesa y la agita repetidas veces, sin
que se oiga el menor ruido. DOÑA LEOCADIA
ZORRILLA entra por la derecha, con ademanes airados y profiriendo inaudibles palabras.
Es una hembra de treinta y cinco años, que
no carece de atractivo, aunque diste de ser
bella; una arrogante vascongada de morenos
cabellos, sólidos miembros y vivos ojos bajo
las negras cejas.)*

LEOCADIA.—(¡Qué voces! ¡Qué prisas! ¿Te ha picado
un alacrán?)

GOYA.—*(Agrio.)* ¿Qué dices? (LEOCADIA *suspira —tampoco se oye el suspiro— y forma rápidos signos del al
fabeto de Bonet con su mano diestra.)* ¡No me ha picado ningún alacrán! ¿Dónde está la nena?

LEOCADIA.—*(Señala hacia la izquierda.)* (Ahí dentro.)

GOYA.—¡Mientes! [La he llamado y no acude.] ¿Dónde la has mandado?

LEOCADIA.—*(Nada turbada por el renuncio.)* (A pasear.)

GOYA.—*(Iracundo.)* ¡Con la mano!

*(LEOCADIA forma rápidos signos y grita al
tiempo inaudiblemente, enfadada.)*

LEOCADIA.—(¡A pasear!)

GOYA.—¿A pasear [en estos días?] *(La toma de la muñeca.)* ¿Estás loca?

LEOCADIA.—*(Forcejea.)* (¡Suelta!)

GOYA.—¡No pareces su madre! ¡Pero lo eres, y has de velar por tus hijos! ¡Para ti se han acabado los saraos, [y los paseos a caballo,] y los meneos de caderas!

LEOCADIA.—*(Habla al tiempo, incesante.)* (¡Pues lo soy! ¡Y sé lo que hago! ¡Y los mando donde se me antoja! ¡Vamos! ¡Tú no eres quién para darme lecciones...!)

GOYA.—*(Ante sus manoteos y gesticulaciones, termina por gritar.)* ¡Basta de muecas! (LEOCADIA *se aparta, desdeñosa, y traza breves signos.)* ¡Acabáramos, mujer! Pero tampoco la huerta es buen lugar para ella si no va acompañada. (*Signos de* LEOCADIA.) ¡Su hermano es otro niño! *(Camina, brusco, hacia la derecha.)* ¿Dónde has puesto mi sombrero y mi bastón?

> *(Ella señala hacia la derecha. Cuando* GOYA *va a salir, se oye un maullido. El anciano se detiene, se vuelve y mira a la mujer, que le pregunta con un movimiento de cabeza.)*

LEOCADIA.—(¿Adónde vas?)

GOYA.—¡No puedo pintar hoy! *(Va a salir y se vuelve otra vez.)* ¿Por dónde andan los gatos?

LEOCADIA.—*(Intrigada, traza signos.)* (Por la cocina.)

GOYA.—¿Los has visto tú en la cocina? *(Ella asiente, asombrada.)* Claro. ¿Dónde van a estar? Adiós.

> *(Sale.* LEOCADIA *se precipita a la puerta y acecha. Después hace una seña y entra, sigiloso, el doctor* ARRIETA, *bastón y sombrero en mano. La edad de* DON EUGENIO GARCÍA ARRIETA *oscila entre los cincuenta y cinco y los sesenta años. Es hombre vigoroso, aunque magro; de cabellos rubios que grisean, incipiente calvicie que disimula peinándose hacia adelante, cráneo grande, flaca fisono-*

*mía de asceta, mirada dulce y triste. Va a
hablar, pero* LEOCADIA *le ruega silencio. Se
oye el lejano estampido del portón.)*

ARRIETA.—No debió dejarle salir.

LEOCADIA.—Quería hablar antes con usted. *(Se encamina al sofá y se sienta.)* Hágame la merced de tomar
asiento, don Eugenio.

ARRIETA.—*(Se sienta en una silla.)* Gracias, señora.
¿María del Rosario y Guillermito siguen buenos?

LEOCADIA.—A Dios gracias, sí. Ahora no están en
casa. *(Remueve el brasero.)* Esta Nochebuena será de
nieves...

ARRIETA.—¿Qué le sucede a don Francisco?

(*A la izquierda del* Aquelarre *se proyecta el*
Saturno.)

LEOCADIA.—Doctor, usted lo curó hace cuatro años.
Cúremelo ahora.

ARRIETA.—¿De qué?

LEOCADIA.—No es nada aparente... Ni dolores, ni ca-
tarros, ni calenturas... Únicamente, la sordera, pero eso
usted ya lo sabe. *(Se retuerce las manos.)* ¡Y por eso
justamente! ¡Porque usted se tomó el trabajo de aprender los signos de la mano hace tres años!... ¡Habrá que
hablar mucho con él para curarlo, y es difícil!...

ARRIETA.—Cálmese, señora, y cuénteme.

(*A la derecha del* Aquelarre *aparece la*
Judith.)

LEOCADIA.—Apenas sale, apenas habla... desde hace
dos años.

ARRIETA.—Retraído, huraño... No es una enfermedad.

LEOCADIA.—¿Ha reparado usted en las pinturas de los
muros?

ARRIETA.—*(Contempla las pinturas del fondo.)*
¿Éstas?

Leocadia.—Y todas las de la otra planta. Él, que nunca retocaba, las retoca incansablemente... ¿Qué le parecen?

Arrieta.—Raras.

Leocadia.—¡Son espantosas!

(Se levanta y pasea.)

[Arrieta.—Ya vimos en sus grabados cosas parecidas...

Leocadia.—No era lo mismo. Éstas son] horribles pinturas de viejo...

Arrieta.—Don Francisco es viejo.

Leocadia.—*(Se detiene y lo mira.)* De viejo demente.

Arrieta.—*(Se levanta despacio.)* ¿Está insinuando que ha enloquecido? *(Ella cierra los ojos y asiente.)* ¿En qué se funda usted? ¿Sólo en estas pinturas?

Leocadia.—*(Escucha.)* ¡Calle! *(Un silencio.)* ¿No oye algo?

Arrieta.—No.

Leocadia.—*(Da unos pasos hacia la derecha.)* Habrán sido los gatos en la cocina... *(Se vuelve.)* Conmigo apenas habla, pero habla con alguien... que no existe. O ríe sin motivo, o se desata en improperios contra seres invisibles...

[Arrieta.—*(Dejando bastón y sombrero sobre la silla, avanza hacia ella.)* Por supuesto, hay locuras seniles. Pero lo que me cuenta, doña Leocadia, son las intemperancias y soliloquios de la sordera... *(Mira a las pinturas.)* Encerrado aquí durante años, ¡y qué años!..., sueña pesadillas. No creo que sea locura, sino lo contrario: su manera de evitar la enfermedad. *(Ha ido hacia el fondo y se detiene ante el Saturno.)*]

[Leocadia].—Mire eso. ¿No da pavor?

Arrieta.—*(Ante el Aquelarre.)* [El diablo, las brujas...] Él no cree en brujas, señora. Puede que estas pinturas causen pavor, pero no son de loco, sino de satírico.

LEOCADIA.—Esas pinturas me aluden.

> (ARRIETA *se detuvo ante* Judith *y mira a* LEOCADIA.)

ARRIETA.—¿A usted?

> (*El* Aquelarre *se trueca en* Asmodea.)

LEOCADIA.—(*Asiente.*) Dice que soy una bruja que le seca la sangre. ¡Mire esa otra! (ARRIETA *se enfrenta con* Asmodea.) La mujer se lleva al hombre al aquelarre y él va aterrado, con la boca taponada por una piedra maléfica... La mujer soy yo. *(Entretanto* Saturno *se trueca en* Las fisgonas. ARRIETA *las contempla.*) Habría de vivir con nosotros para comprender... lo trastornado que está.

ARRIETA.—Esta escena, ¿también la alude a usted?

> (LEOCADIA *se vuelve y se inmuta al ver el cuadro.*)

LEOCADIA.—No lo sé.

> (*Un silencio.* ARRIETA *mira al cuadro y observa a* LEOCADIA.)

ARRIETA.—(*Intrigado.*) ¿Qué hacen?
[LEOCADIA.—(*Titubea.*) Él no lo ha dicho...
ARRIETA.—Pero usted lo supone. *(Un silencio.)* ¿O no?]
LEOCADIA.—(*Después de un momento.*) Creo que es... un cuadro sucio.
ARRIETA.—¿Sucio?
LEOCADIA.—(*Con brusca vergüenza.*) ¿No se da cuenta? Esas dos mozas se burlan... del placer de ese pobre imbécil.

> (*Muy sorprendido,* ARRIETA *vuelve a observar la pintura. Luego mira, pensativo, a* Asmodea *y a* Judith. LEOCADIA *ha bajado los ojos.* ARRIETA *va a su lado.*)

[ARRIETA.—¿Me perdonará si le recuerdo un antiguo secreto?

LEOCADIA.—*(Casi sin voz.)* ¿A qué se refiere?

ARRIETA.—Hará seis años fui llamado a la anterior vivienda de don Francisco. Era usted la enferma. (LEOCADIA *se aparta hacia el sofá.*) A los tres meses de un embarazo difícil perdía usted un niño que estaba gestando. Hube de cortar una hemorragia que otras manos, más torpes, no habían sabido evitar.

LEOCADIA.—*(Se sienta, sin fuerzas.)* Le juré entonces que la pérdida fue involuntaria. *(Lo mira.)* ¡Ya sé que no era fácil de creer! Separada de mi esposo desde 1812, aquel niño significaba mi deshonra. ¡Pero yo nunca destruiría a un hijo de mi carne!

ARRIETA.—*(Frío.)* Lo he recordado porque el futuro niño, según confesión de usted y de don Francisco, era de los dos. ¿Era realmente de los dos, señora?

LEOCADIA.—¿Quiere que se lo jure? Usted no cree en mis juramentos.]

ARRIETA.—[Don Francisco era ya entonces viejo.] ¿Qué edad cuenta él ahora?

LEOCADIA.—Setenta y seis años.

ARRIETA.—*(Vacila.)* Consiéntame una pregunta muy delicada... *(Ella lo mira, inquieta.)* ¿Cuándo cesaron entre ustedes las relaciones íntimas?

LEOCADIA.—No han cesado.

ARRIETA.—¿Cómo?

LEOCADIA.—No del todo, al menos.

ARRIETA.—*(Se sienta a su lado.)* ¿No del todo?...

LEOCADIA.—*(Con dificultad.)* Francho... Perdóneme. En la familia se le llama Francho. Don Francisco ha sido [muy apasionado...] Uno de esos hombres que se conservan mozos hasta muy mayores... De muchachita [no lo creía.] Pensaba que eran charlatanerías de viejos petulantes... Y cuando él empezó a galantearme, admití sus avances por curiosidad y por reírme... Pero cuando me quise dar cuenta..., era como una cordera en las fauces de un gran lobo. Sesenta y cuatro años contaba él entonces.

ARRIETA.—Y ahora, doce más... [Muchos más.]

LEOCADIA.—Me busca todavía..., muy de tarde en tarde. ¡Dios mío! Meses enteros en los que me evita por las noches y ni me habla durante el día... Porque... ya no es tan vigoroso...

(ARRIETA *dedica una melancólica mirada a las pinturas del fondo y cavila.*)

ARRIETA.—*(En voz queda.)* Doña Leocadia... *(Ella lo mira, atrozmente incómoda.)* ¿Tiene algún motivo para sospechar si don Francisco... atenta a su salud como ese viejo de la pintura?

LEOCADIA.—*(Desvía la vista.)* No lo sé.

ARRIETA.—[¿Puedo preguntar] qué edad tiene usted ahora?

LEOCADIA.—Treinta y cinco años. *(Breve pausa.)* ¡Calle! ¿No se oye algo? *(Bajo la mirada de* ARRIETA *se levanta y va a la derecha para escuchar.)* Será el trajín de los criados.

ARRIETA.—Reconoceré a don Francisco. Pero también usted requiere cuidados... La encuentro inquieta, acongojada. Acaso un cambio de aires...

LEOCADIA.—*(Se vuelve, enérgica.)* ¡Es él quien lo necesita! De mí, se lo ruego, no hablemos más. ¡La locura de Francho es justamente ésa! ¡Que se niega a un cambio de aires! Que no tiene miedo.

ARRIETA.—No comprendo.

LEOCADIA.—*(Pasea, con creciente agitación.)* ¿Sabe que ya nadie nos visita, doctor?

ARRIETA.—La casa está muy apartada...

LEOCADIA.—¡Ésa es la excusa! La verdad es que todos saben que él pertenece al bando vencido y que el rey lo odia. [Conque no hay visitas..., ni encargos. Todos huyen de la tormenta que estallará un día sobre la casa.]

ARRIETA.—¡Por Dios, señora!

LEOCADIA.—¡Le consta que no exagero! Todos los días se destierra, se apalea, se ejecuta... Francho es un liberal, un *negro*, y en España no va a haber piedad para ellos en muchos años... La cacería ha comenzado y a él también lo cazarán. ¡Y él lo sabe! *(Transición.)* Pues permanece impasible. Pinta, riñe a los criados, pasea... Y cuando le suplico que tome providencias, que escape como tantos de sus amigos, grita que no hay motivo para ello. ¿No es la locura?

ARRIETA.—Quizá sólo fatiga...

[LEOCADIA.—¡Se cansa menos que yo!

ARRIETA.—Otra clase de fatiga.]

LEOCADIA.—¡Hay que estar loco para no temblar! Y yo estoy muy cuerda, y tengo miedo. *(Se acerca a* ARRIETA.*)* Infúndale ese miedo que le falta, doctor. ¡Fuércele a partir!

ARRIETA.—*(Se levanta.)* Infundir miedo en el corazón de un anciano puede ser mortal...

LEOCADIA.—*(Con una extraña esperanza en la voz insinuante.)* Pues no le asuste. Dígale que le conviene un cambio de aires... O las aguas de algún balneario francés...

ARRIETA.—Lo pensaré, doña Leocadia. *(La mira, suspicaz. Ella suspira, atribulada, y va a sentarse. De pronto se le vence la cabeza y emite un seco sollozo.* ARRIETA *se aproxima, mirándola con tristeza.)* ¿Se siente mal?

LEOCADIA.—No lo soporto. *(Resuena el lejano estampido del portón. Ella levanta la cabeza.)* Ahora sí se oye algo.

GOYA.—*(Su voz.)* ¿Tampoco hoy pasó el cartero?

LEOCADIA.—Es él.

GOYA.—*(Su voz.)* Tú nunca sabes nada... *(La voz se acerca.)* ¡Anda a la cocina!

LEOCADIA.—*(Con ojos suplicantes.)* Ayúdenos.

> *(Miran a la derecha.* GOYA *entra y se detiene al verlos.* LEOCADIA *se levanta.)*

GOYA.—¡El doctor Arrieta! *(Deja en manos de* LEO-
CADIA *sombrero y bastón. Ella los deposita sobre una
silla.)* ¡Ya se le echaba de menos en esta su casa! *(Abraza al doctor con efusión.)* ¡Como amigo, claro! Como
médico, maldito si hace falta. (ARRIETA *sonríe.* LEOCA-
DIA *ayuda a* GOYA *a despojarse del redingote.)* ¡Siéntese!
Y tú, mujer, trae unos vasitos de cariñena! *(El doctor
deniega.)* ¡Cómo! ¡Si usted no bebe, para mí! ¿O me
lo va a prohibir? (ARRIETA *dibuja un gesto dubitativo.)*
¡Si estoy más fuerte que un toro!

ARRIETA.—*(Ríe.)* (¡Ya lo veo!)

(Y se sienta.)

GOYA.—¡Campicos y buena vida, don Eugenio! Estos
cerros son pura salud. Verá qué colores le han brotado
a Mariquita. ¿Ha vuelto ya de la huerta, Leo? Al salir
me asomé y no la vi. (LEOCADIA *asiente con presteza.)*
¿La ha visto ya, doctor? (ARRIETA *deniega.)* ¡Pues tráe-
la, mujer! ¡Y el vino! *(Con el gesto de preguntar algo,*
LEOCADIA *traza signos. El tono de* GOYA *pierde su exu-
berancia.)* Me he vuelto desde el puente.

LEOCADIA.—*(Con expresivo ademán.)* (¿Por qué?)

GOYA.—Han instalado un retén de voluntarios realistas y paraban a todos.

LEOCADIA.—*(Se acerca, inquieta.)* (¡Si no lo había!)

GOYA.—¡Los habrán destacado hoy! *(Ella pregunta
algo con los signos de la mano.)* ¡Qué sé yo si van a
quedarse!... Pero no aguanto sus jetas de facinerosos, ni
sus risitas. ¡Y no iba a decirles que estaba sordo, si no
los entendía! Conque me he vuelto. [¿O querías que les
armase gresca? *(Ella se apresura a denegar.)*] Trae el
vino, el doctor está esperando. *(Ella asiente y corre a
la izquierda.)* ¡Oye! *(Ella se detiene.)* ¿Ha venido el cartero? *(Ella deniega y sale.* GOYA *se sienta y echa una
firma al brasero. Las fisgonas se truecan en* La Leocadia *y* Asmodea, *en* El Santo Oficio.) ¿A que le ha dicho
que estoy enfermo y que debemos irnos a Francia?
(ARRIETA *lo mira, estupefacto. Él ríe.)* Sueña con Fran-

cia. Aquí se aburre. *(Se irrita.)* Pero ¿por qué rayos me he de ir? ¡Ésta es mi casa, éste es mi país! Por Palacio no he vuelto, y al Narices no le agradan mis retratos. Desde hace diez años le pinta esa acémila de Vicente López, ese chupacirios, ese melosico... Mejor. Yo, en mi casa, sin que se acuerden de mí y pintando lo que me dé la gana... Pero cuénteme. ¿Qué se dice por Madrid? (ARRIETA *abre los consternados brazos.*) No, no diga nada. Delaciones, persecuciones... España. No es fácil pintar. ¡Pero yo pintaré! ¿Se ha fijado en las paredes? (ARRIETA *elude la respuesta y pregunta algo por signos.*) ¿Miedo? No. *(Lo piensa.)* Tristeza, tal vez. *(Leves latidos de un corazón.* GOYA *los percibe.)* No... Miedo, no. (LEOCADIA *reaparece con un jarro de loza y dos copas llenas en una bandeja.* ARRIETA *se levanta y acepta, con una inclinación, una de las copas.* Judith *se transforma en los* Dos frailes. GOYA *toma la otra copa.)* Este vino quita pesares, doctor. Por usted. *(Se brindan y beben.* LEOCADIA *deposita la bandeja sobre la mesa. Los latidos se amortiguan bruscamente cuando el pintor apura su copa.* LEOCADIA *se acerca al frente y atisba hacia la derecha por el invisible balcón.)* Está rico, ¿eh?

ARRIETA.—*(Asiente.)* (¡Muy rico!)

GOYA.—Me mandó un pellejo Martín Zapater, para que le perdonase por no venir él a pasar unos días. Anda siempre tan sujeto en Zaragoza... *(Se interrumpe y lanza un áspero vozarrón que inmuta al doctor y a* LEOCADIA.*)* ¿Qué miras?

LEOCADIA.—*(Se vuelve, trémula.)* (El... puente.)

GOYA.—¡Nada tienes que mirar en el puente!

LEOCADIA.—*(Sorprendida.)* (¿Por qué no?)

GOYA.—¡Trae a tus niños, a que los vea el doctor! (LEOCADIA *murmura para sí leves palabras y sale por la derecha, con un ademán consternado que dedica a* ARRIETA *a espaldas del pintor. Los latidos no han cesado y* GOYA *se oprime una oreja con un dedo inquieto. Luego deja la copa sobre la bandeja y se acerca al fondo.)* Acérquese, don Eugenio. ¿Qué le parece? (ARRIE-

TA *se acerca conservando su copa, de la que bebe a sorbitos, y frunce los labios en gesto aprobatorio. Están ante* El Santo Oficio.) ¿No semejan animales? Nos miran sin saber lo feos que son ellos. Me miran a mí.

ARRIETA.—(¿A usted?)

GOYA.—Igual que cuando me denunciaron a la Santa Inquisición. Me miraban como a un bicho con sus ojos de bichos, por haber pintado una hembra en puras carnes... Son insectos que se creen personas. Hormigas en torno a la reina gorda *(Ríe.)*, que es este frailuco barrigón. (ARRIETA *pregunta algo con signos.*) [A la fuente de San Isidro, a hincharse de un agua milagrosa que nunca hizo milagros. Tan campantes. Es su hidroterapia.] Les parece que el día es hermoso, pero yo veo que está sombrío. (ARRIETA *señala a la izquierda de la pintura.*) Sí. Al fondo brilla el sol. Y allá está la montaña, pero ellos no la ven. (ARRIETA *traza signos.* GOYA *vacila.*) Una montaña que yo sé que hay. *(El ruido de los latidos se amortiguó poco a poco y ha cesado.* GOYA *se hurga una oreja y atiende en vano.* ARRIETA *lo mira y pasa a la derecha para preguntar por signos algo ante los* Dos frailes.) [Tal vez sean frailes. Todos lo somos en este convento.]

ARRIETA.—*(Señalando.)* (¿Qué hacen?)

GOYA.—Ese barbón también está sordo. Cualquiera sabe lo que le dice el otro. Aunque quizá el barbón oiga algo... *(Se encamina a la izquierda y se vuelve.)* ¿O no? (ARRIETA *esboza un gesto de perplejidad.* GOYA *lo mira, enigmático, y se vuelve hacia la pintura.* ARRIETA *señala a la pintura de la izquierda, que* GOYA *tiene a sus espaldas, inquiriendo algo con breves signos.*) Sí. Es la Leocadia. Tan rozagante. Está en un camposanto.

ARRIETA.—(¿Qué?)

(Se oye un maullido. El anciano mira a los rincones.)

GOYA.—Esa peña [donde se reclina] es una tumba. *(Maullido.* GOYA *enmudece un segundo y prosigue.)* Ahí nos ha metido a su marido y a mí. *(Ríe.)* [Pensé en pintarme yo mismo dentro de la roca, como si ésta fuera de vidrio.] *(Varios maullidos, que se aglomeran, distraen al pintor.* ARRIETA *no lo pierde de vista.)* [Pero la habríamos tenido buena, y no me atreví.] *(Ríe.)* Los gatos andan por detrás de la tumba.

> *(Los* Dos frailes *se truecan de nuevo en* Judith.)

ARRIETA.—*(¿Los gatos?)*

GOYA.—Siempre andan por ahí. [(ARRIETA *señala a* La Leocadia *y pregunta algo por signos.)* ¿Otra Judith? (ARRIETA *señala a la* Judith.) ¡Ah! ¿Ya la ha visto? *(Ríe.)* O *Judith* otra Leocadia. ¿Quién sabe?] (El Santo Oficio *se muda en* La romería. *Se oye el batir de alas de un ave gigantesca. El pintor se oprime un oído y habla con algún desasosiego.)* ¿Otra copa, doctor? *(Va a la mesa.* ARRIETA *menea la cabeza, amonestándolo.)* ¡Es zumo puro, no daña!

ARRIETA.—*(No, gracias.)*

GOYA.—*(Mientras se sirve.)* ¿Mira usted *La romería?* Más bichos. Rascan bandurrias, vociferan y creen que es música. Tampoco saben que están en la tumba.

> *(Bebe. El batir de alas se amortigua y cesa.* GOYA *mira al vago aire.)*

ARRIETA.—*(Ahora se le oye perfectamente.)* «¡Divina razón!»

GOYA.—Eso mismo. *(Va a beber de nuevo, pero se sobresalta y mira a* ARRIETA, *que contempla el cuadro.)* ¿Qué ha dicho? (ARRIETA, *intrigado por su tono, traza signos.)* ¿Demasiado oscuro? ¿Eso dijo? (ARRIETA *asiente.)* Es que... nos ven oscuros. Son tan luminosos...

ARRIETA.—*(Con un expresivo gesto.)* (¿Quiénes?)

> (GOYA *lo mira, pensativo. Apura la copa y la deja sobre la bandeja.)*

Goya.—Doctor, querría consultarle algo. (*La Leoca-dia se trueca en* Las fisgonas. *El pintor mira a* Arrieta, *apostado junto a esta pintura, y cruza para sentarse en el sofá.*) Siéntese a mi lado. (*Lo mira.* Arrieta *señala a la pintura e inquiere con un gesto.* Goya *se toma tiempo para responder y lo hace al fin desviando la vista.*) Ésas son dos fisgonas. Venga acá. (Arrieta *se sienta junto a él. Una pausa.*) Treinta y un años sordo. Ya le conté... Al principio oía zumbidos, musiquillas... Después, nada. (Arrieta *asiente.*) Sin embargo, de un año a esta parte han vuelto los ruidos. (*Sorprendido,* Arrieta *traza signos.*) Sí, también voces... (Arrieta *traza signos.*) No al dormirme, sino bien despierto. [(Arrieta *traza signos.*)] Vocecicas... Lo que usted me dirá ya lo sé: mi mente crea esas ilusiones para aliviar mi sole-dad... Pero yo pregunto: ¿no me habrá vuelto un resto de oído? (Arrieta *deniega, inquieto.*) Hay voces que son... muy reales. (*Aún más inquieto,* Arrieta *deniega con vehemencia y le pone una mano en el hombro.*) ¿No podría ser? (Arrieta *deniega, melancólico, y traza sig-nos y más signos... Después se levanta, indicándole que atienda, va a la mesa y asesta un fuerte puñetazo inau-dible sobre su tabla, interrogando al pintor con la mi-rada.*) No, pero... (Arrieta *lo interrumpe con un ade-mán, toma la campanilla y repica con fuerza, sin que se oiga nada.*) ¡No!... (Arrieta *se acerca a* Goya *y agita la campanilla junto a los oídos del pintor, que deniega, sombrío. El doctor vuelve a la mesa y deja la campani-lla.* La romería *se trueca en* Asmodea.) Conque, según usted, todo está aquí dentro. (*Señala a su frente.* Arrie-ta *asiente con ardor. Se miran fijamente. Lejano, aúlla un perro.*) Si yo, pongo por caso, le dijese que acaba de aullar un perro, usted me diría que no lo ha oído. (Arrieta *deniega, confirmándolo.* Goya *se levanta y se acerca al fondo.*) ¿Le repelen mis pinturas? (Arrieta *esboza una débil negativa.*) No finja. Repelen a todos... Y acaso a mí también. (*Entristecido,* Arrieta *le invita con un ademán a rechazar ideas negras y señala a* As-

modea *con gesto interrogante.)* Asmodea. *(El doctor inquiere con un gesto de sorpresa.)* Como el diablo Co-
juelo, pero aquí es una diablesa... angelical. Abajo hay
guerras, sangre y odio, como siempre. Poco importa.
Ellos se van a la montaña.

ARRIETA.—(¿A la montaña?)

GOYA.—Asmodea se lo lleva a él, que todavía tiembla por lo que ve abajo. Desde la montaña lo seguirá
viendo, pero los seres que allí viven le calmarán. Es
una montaña muy escarpada. Sólo se puede subir vo-
lando. *(Ríe.* ARRIETA *traza signos.)* Como el cielo, pero
no es el cielo. *(Se decide a enseñarle algo.)* Mírela aquí.
*(Toma el cuadro que descansa contra la pared y lo trae
al primer término, apoyándolo contra la mesa.)* Es casi
el mismo asunto. Lo he pintado estos días, cuando he
comprendido que no vuelan por arte mágica, como yo
creía (*Señala a* Asmodea.), sino con artificios mecánicos.

ARRIETA.—(¿Quiénes?)

GOYA.—*(Le considera un momento.)* Estos hombres-
pájaros. Las alas son artificiales. Abajo, ya lo ve, las
gentes se abrasan. Los voladores podrían ayudar. No
sé por qué no lo hacen. Acaso nos desprecian. Han de
vivir muy felices en esas casas redondas que se ven
arriba. (ARRIETA *lo observa, de nuevo inquieto.)* Le
mostraré un grabado donde se los ve mejor. No estoy
cierto de que las alas sean como las he dibujado; he
fantaseado un poco. *(Ante la asombrada mirada del doctor.)* ¡Claro! De lejos no se distinguen bien. *(Lo ha dicho
sonriendo. ¿Se burla?)* No tardo.

> *(Sale por la izquierda.* ARRIETA *mira a* As-
> modea *y al curioso cuadrito que le han en-
> señado.* LEOCADIA *asoma, sigilosa, por la de-
> recha.)*

LEOCADIA.—¿Tocaron la campanilla?

ARRIETA.—Sí. Pero no llamábamos. Quise demostrar-
le que no oía nada.

LEOCADIA.—¿Cómo lo encuentra?

ARRIETA.—Aún no sé nada, señora.

LEOCADIA.—*(Se acerca, muy nerviosa.)* ¡Lo sabe! [Lo veo en su cara.] Locura. *(Disgustado,* ARRIETA *deniega sin convicción. Sin atenderle, corre ella a la izquierda para atisbar y vuelve.)* Los criados me acaban de contar algo espantoso.

      (Cruza para atisbar por el balcón invisible.)

ARRIETA.—¿El qué, señora?

[LEOCADIA.—¡Ínstele a que salga de España cuanto antes!

ARRIETA.—¿Qué sucede?]

LEOCADIA.—*(Pasea, angustiada.)* Andrés, el cochero, lo ha oído esta mañana en el mercado. [¡No se hablaba de otra cosa!] Van a promulgar dos decretos... ¡Dicen que Calomarde los ha propuesto y que el rey los aprueba! ¡Qué infamia, Dios mío!

ARRIETA.—Por caridad, señora, explíquese.

LEOCADIA.—*(Con dificultad.)* Un decreto... dispensará de todo castigo a quienes hayan cometido excesos con las personas y bienes de los liberales..., excepto el asesinato. (ARRIETA *palidece.)* ¡Podrán robar, destrozar, apalear impunemente!...

ARRIETA.—¿Y el otro?

LEOCADIA.—Pena de muerte a todos los masones y comuneros, salvo aquellos que se entreguen y delaten a los demás.

ARRIETA.—Puede que sólo sean rumores...

LEOCADIA.—*(Histérica.)* ¿Tampoco usted tiembla? ¿También está loco?

ARRIETA.—No estoy loco y siento un miedo atroz. Aunque no promulguen tales decretos, temo que el mismo Gobierno haya difundido el rumor... para provocar tropelías.

LEOCADIA.—¡Hay que huir!

ARRIETA.—No le hable a don Francisco de esos decretos.

LEOCADIA.—¿Que no le hable...?

ARRIETA.—¡Déjeme pensar lo más conveniente, se lo ruego! [Y permítame un consejo... No le esquive.

LEOCADIA.—¿Qué quiere decir?

ARRIETA.—Que se muestre afable, propicia... Que no le rehúya... si nota que la desea. *(Baja la voz.)* Aunque a usted no le agrade.

LEOCADIA.—*(Roja, con sequedad.)* ¿En bien de su salud?

ARRIETA.—Justamente.]

LEOCADIA.—[¿Es cuanto se le ocurre?] ¿Y el peligro que corre su vida?

ARRIETA.—No hay vida sin salud, señora.

LEOCADIA.—¡No hay salud sin vida!

ARRIETA.—Tal vez, señora, exageremos el peligro. A don Francisco siempre se le ha respetado...

> *(Sus palabras se van apagando hasta articularse en silencio, al tiempo que la voz de GOYA se oye fuera y se acerca.)*

GOYA.—*(Su voz.)* Se estará preguntando, don Eugenio, qué monserga es ésta de los voladores. *(Aparece en la izquierda, mirando el grabado que trae.)* Mire este aguafuerte... *(Los ve. ARRIETA se ha callado. Suspicaz, GOYA interpela a LEOCADIA.)* ¿Quieres algo?

LEOCADIA.—*(Deniega.)* (Nada.) *(Señala.)* (Voy a recoger el vino.)

> *(Cruza, toma la bandeja y sale por la izquierda bajo la desconfiada mirada del pintor.)*

GOYA.—Alguna trapisonda me guarda hoy esta bruja. *(ARRIETA se ha acercado y toma el grabado. Se aproximan los dos a la mesa y allí lo dejan para mirarlo.)* Vea, doctor. Es de una colección a la que llamo «Sueños», aunque son más que sueños. ¿Cree que se podrá volar así? *(ARRIETA deniega.)* Leonardo pensó un artificio parecido. *(ARRIETA inicia signos.)* No voló, pero acaso volemos un día. *(Está mirando al doctor, misterioso. ARRIETA, que también lo mira fijamente, deniega. LEO-*

CADIA *reaparece por la izquierda y cruza despacio. Una involuntaria mirada de* ARRIETA *advierte a* GOYA *de su presencia.)* ¡Aún no has traído a Mariquita!

LEOCADIA.—*(Se la oye perfectamente.)* Mariquita... se ha muerto...

(Apresura el paso y sale por la derecha.)

GOYA.—¿Ha dicho algo? (ARRIETA *asiente y traza signos.)* ¿Que va a traerla? (ARRIETA *asiente. Un silencio.* GOYA *suspira quedo y se sienta, caviloso, tras la mesa. Al fin se decide y habla.)* [Según usted, mi mente se burla de mi oído. ¿Y de mis ojos? (ARRIETA *interroga con los suyos.)* Estoy sordo, pero no ciego. *(Grave.)* Me conoce bien y confío en que no me crea un demente...] Voy a confiarle algo... increíble. Prométame callar. (ARRIETA *asiente, expectante.)* Yo he visto a estos hombres voladores.

(Señala al grabado.)

ARRIETA.—*(¿Qué?)*

GOYA.—En los cerros de atrás. (ARRIETA *se sienta despacio, observándolo con aprensión.)* [Dos veces los vi,] hará dos años. Muy lejos, pero las ventanas de algo que parecía una casa brillaban en el cerro más alto. Y ellos volaban alrededor, muy blancos. (ARRIETA *traza signos.)* [Conozco las aves de por acá.] No eran pájaros. Pensé si serían franceses, manejando artefactos nuevos. Pero no puede ser, porque se sabría ya. (ARRIETA *traza signos.* GOYA *deniega y deniega, hasta que interrumpe.)* ¡No! ¡No estoy soñando con ángeles! [No eran ángeles. (ARRIETA *traza signos.)* ¿Imaginar el futuro? ¡Le digo que los he visto! (ARRIETA *traza signos y señala a* Asmodea.) Eso sí es imaginación. Un pobre solitario como yo puede soñar que una bella mujer... de la raza misteriosa... le llevaría a su montaña. A descansar de la miseria humana. (ARRIETA *traza signos.)* ¡No al cielo!] Ellos viven en la Tierra. No sé quienes son.

ARRIETA.—*(Señala a los ojos de* GOYA, *meneando la cabeza.)* (También los ojos pueden engañar...)

GOYA.—Mis ojos no me engañan. Y han visto a nuestros hermanos mayores. Acaso vivan en los montes desde hace siglos... Le confesaré mi mayor deseo: que un día... bajen. ¡A acabar con Fernando VII y con todas las crueldades del mundo! Acaso un día bajen como un ejército resplandeciente y llamen a todas las puertas. Con golpes tan atronadores... que yo mismo los oiré. Golpes como tremendos martillazos. *(Un silencio.* ARRIETA *lo mira, turbado, y desvía los ojos.)* Piensa que soy un lunático. (ARRIETA *deniega débilmente.*) Dejémoslo. (ARRIETA *se levanta y pasea. Dedica una expresiva mirada a* Las fisgonas, *otra al pintor, y asiente para sí, apesarado. Luego se acerca y traza signos.)* Claro que me siguen encalabrinando las mozas. [Aún no soy viejo.] *(Breves signos de* ARRIETA.) Como entonces no, conforme. Pintar me importa cada vez más y me olvido de ello.

[ARRIETA.—*(Acentúa las palabras y apunta a* GOYA *con un dedo, apuntando luego a la derecha.)* (¿Usted, o ella?)

GOYA.—*(Se levanta y pasea, irritado.)* La Leocadia es una imbécil con la cabeza llena de nubes. *(Ante nuevos signos de* ARRIETA *se detiene, furioso.)* ¿Qué?... (ARRIETA *suspira en silencio y señala a* Las fisgonas. *Sobresaltado,* GOYA *va a sentarse, brusco, junto al brasero. Al fin mira al doctor con muy mala cara y éste se apresura a trazar signos.)* No tema tanto por mi salud. A mí no me parte un rayo. *(Se levanta, airado.)* ¡Y no quiero hablar de indecencias! *(Melancólico,* ARRIETA *traza signos.)* ¡Y dale con el miedo! Yo no temo a nada ni a nadie. (ARRIETA *se sienta en el sofá y traza signos.)* ¡Con ojo sí ando, tonto no soy!] (ARRIETA *traza signos.)* Preocupado..., ¿quién no lo está? *(Breves signos de* ARRIETA.) ¿Ahora? (ARRIETA *asiente.* GOYA *lo piensa y se sienta a su lado. Toma la badila y juguetea con ella.*) Ahora me preocupa una carta. (*Gesto de interrogación de* ARRIETA.) Le escribí hace muchos días a Martín Zapater y no llega su respuesta. No creo que pase nada... *(Breve pausa.)* Pero he sido imprudente. Martinillo es como un hermano y yo estoy tan necesitado de expansión... [Cuando escribo me desahogo; es como si oyese... ¡Bah! No se abren todas las cartas, y los palotes de dos viejos gruñones, ¿qué le pueden importar a nadie?] (ARRIETA *esboza el ademán de escribir y pregunta con un gesto.*) Cosicas nuestras... *(Ríe.)* Pero me despaché con el Narizotas.

[ARRIETA.—(¿En la carta?)

(Y repite el ademán de escribir.)

GOYA.—Me di ese gusto.] (ARRIETA *palidece y traza signos.*) ¡Insultos muy gordos, sí! Menos de los que se merece. *(Risueño, mira al doctor y cambia de expresión al ver la de éste.)* ¿Teme que pueda pasar algo? (ARRIETA *traza signos.*) Catorce días. (ARRIETA *se levanta y pasea. Comienza a oírse el pausado y sordo latir de un corazón.*) No pensarán tanto en mí como para abrir mis cartas... (ARRIETA *se detiene y traza signos. Los latidos aumentan súbitamente su ritmo y su fuerza.*) Sé lo que es el Libro Verde. Lo que dicen que es. (ARRIETA *traza signos.*) Gracias. Usted escribirá a Martinillo si es menester. Pero dentro de unos días... Esperemos. (ARRIETA *se acerca y le pone una mano en el hombro.* GOYA *lo mira. El doctor traza signos.*) ¿A Francia? (ARRIETA *asiente con vehemencia.*) ¿De veras piensa que... estoy en peligro? (ARRIETA *asiente.* GOYA *se toma un momento para inquirir.*) ¿De muerte? (ARRIETA, *después de un momento de vacilación, asiente.* GOYA *se levanta y pasea, nervioso.*) ¡Tengo que pintar aquí! ¡Aquí!

ARRIETA.—*(Lo detiene por un brazo.)* (¡Tiene que salvarse!)

GOYA.—*(Ríe, mientras los latidos suenan más fuertes.)*
¡Yo soy Goya! ¡Y me respetarán!

(LEOCADIA *irrumpe por la derecha y llega a
su lado. Mientras él pasea, habla, intentando
en vano detenerlo.)*

LEOCADIA.—(¡Te aplastarán como a una hormiga! ¡Te
arrastrarán en un serón, como a Riego, si te quedas!
¡Y me arrastrarán a mí! ¡Y a los niños!)

(Pero GOYA *deniega y sigue hablando, cada
vez más colérico, sobre el creciente ruido de
los latidos.)*

GOYA.—¡No, no y no! ¿Estabas escuchando? Pues
óyelo: nos quedamos. ¡No le pediré nada a ese narigón
de mierda, a ese asesino! [¡Y él no se atreverá conmigo!] ¡Seguiré en mi casa, con los niños, con mi pintura
y paseando por esos benditos cerros!... ¡Y contigo y con
tus hijos, y con mi familia y mi nieto, festejaré aquí la
Nochebuena!

LEOCADIA.—*(Oprimiéndose el cuello con sus propias
manos.)* (¿Nos matarán!)

GOYA.—¡Cállate! ¡Aquí no mandas tú ni el rey! ¡Aquí
mando yo!

LEOCADIA.—*(Grita inaudiblemente.)* (¡Loco!)

ARRIETA.—*(Acude a su lado.)* (Señora, cálmese y no
le irrite. Es peor...) *(Los latidos suenan muy fuertes.*
ARRIETA *toma a* GOYA *de un brazo.)* (Don Francisco,
sosiéguese... Venga...)

(Lo conduce a un asiento mientras, con di-
simulo, le toma el pulso. El pintor resuella,
gesticula y murmura oscuras palabras. Los
latidos se amortiguan poco a poco. ARRIETA
estudia unos instantes la cara de GOYA, recoge después su sombrero y su bastón y traza signos.)

GOYA.—Acepte mis excusas, doctor. [Y gracias por su visita.] (ARRIETA *deniega y, con un ademán de despedida, se encamina a la derecha. La voz de* GOYA *suena humilde.*) ¿Volverá pronto? (ARRIETA *asiente, se inclina y sale, acompañado de* LEOCADIA. *Los latidos siguen oyéndose sordamente y su ritmo semeja al de un corazón cansado.*) ¡Nena!... ¡Mariquita!... ¿Dónde estás?...

> *(Se levantó mientras hablaba y se asoma a la derecha. Por la izquierda se oye la voz de* MARIQUITA. GOYA *se vuelve.)*

MARIQUITA.—*(Su voz.)* Me llevan por un corredor oscuro... No veo...
VOZ DE VIEJO.—«¡Que viene el coco!»...
VOZ DE VIEJA.—«¡Que se la llevaron!»...

> *(Larga pausa.)*

MARIQUITA.—*(Su voz.)* Ya no me verá más...

> *(*GOYA *escuchó con creciente zozobra. Los latidos, ya muy débiles, dejan de oírse. Silencio. El pintor se pasa la mano por la frente y suspira. Las pinturas del fondo se borran lentamente y sólo reaparece la de* Saturno. GOYA *toma el catalejo de la mesa y se acerca al balcón invisible para mirar hacia Palacio.* LEOCADIA *reaparece por la derecha con una taza cuyo líquido menea en silencio, y lo mira fríamente.)*

LEOCADIA.—(Toma.)
GOYA.—No he menester de lavatripas.
LEOCADIA.—*(Señala afuera.)* (Lo ha mandado el doctor.)
GOYA.—*(Se encoge de hombros.)* No quiero porfiar. Dame. *(Toma la taza y va a sentarse a la mesa, donde deja el catalejo. Mientras bebe,* LEOCADIA *se le enfrenta y traza signos. El anciano deja de beber bruscamente.)* ¿Qué decretos? *(Impasible, ella traza signos.* GOYA *se*

alarma, pero disimula.) Nunca fui masón, ni comunero.
(LEOCADIA *traza signos.)* Liberal, sí. ¡Pero no van a colgar a todos los liberales! *(Ella sigue formando signos sin
interrupción.)* ¿Qué? *(Ella prosigue.)* ¡Cuentos de viejas!

LEOCADIA.—*(Con las manos juntas.)* (¡Debemos irnos!)

GOYA.—*(Apura la taza y se levanta, hosco.)* ¿Piensas
que no te veo el juego? ¡Sueñas con Francia... y con los
franceses! *(Le aferra un brazo.)* ¡Pero a mí no me adornas! ¡Todavía soy hombre para obligarte a gemir de
placer o de miedo! ¡Tú eliges!

[LEOCADIA.—*(Forcejea.)* (¡Me haces daño!)

GOYA.—¡Ramera! ¿Te asquean mis arrugas? *(Ella deniega, turbada.)* ¡¡No lo niegues!!] *(La repele con violencia y se adelanta, con expresión de inmenso sufrimiento. Medrosa, pero resuelta,* LEOCADIA *lo mira.)* Trae
a Mariquita. No la he visto en toda la mañana. (LEO
CADIA *lo mira con frialdad. Él se vuelve.)* ¿A qué esperas? *(Ella traza signos, lenta.)* ¿Y qué se les ha perdido
a tus hijos en casa del arquitecto Pérez?

[MARIQUITA.—*(Su voz.)* Ya no me verás más...

> (GOYA *acusa estas palabras sin dejar de mi
> rar a]* LEOCADIA, *[que] traza signos.)*

GOYA.—*(Desconcertado.)* Más seguros que aquí...
(Comprende de pronto y da un paso hacia ella.) ¿Estás
diciendo que se quedan allá? *(Ella asiente. A él le ahoga la rabia.)* ¿Por qué? (LEOCADIA *traza signos.)* ¡Tus
hijos, sí! ¡Hijos legítimos del señor don Isidoro Weiss!
¡Pero ella es mi hija! ¡Y está aprendiendo a pintar conmigo y va a ser una gran pintora! ¡Y quien dispone de
mi hija soy yo! ¡Su padre! (LEOCADIA *deniega, nerviosa.)* ¿Que no? Ahora mismo voy a casa de Tiburcio y
me los traigo. *(Ella se interpone y deniega.)* ¡Aparta!
[*(Con el rostro encendido, ella traza rápidos signos.)* ¡No
me amenaces! ¿Dónde iríais tú y tus hijos sin mi amparo?

LEOCADIA.—(¡No los traigas!)

Goya.—¡Pretendes hacerme fuerza porque sabes que adoro a la niña, pero no te saldrás con la tuya!] *(La empuja y va a salir. Ella lo sujeta, llorosa.)* ¡Suelta!

> *(Leocadia se interpone de nuevo, con terrible gesto.)*

Leocadia.—(¡Espera!)

> *(Le ruega calma con las manos y traza signos.)*

Goya.—La niña no está asustada.

> *(Leocadia afirma con los ojos húmedos y señala con un ademán circular a las pinturas. El Saturno del fondo empieza a crecer.)*

Leocadia.—(La nena...) *(Su mano indica la estatura.)* (Aquí...) *(Sus manos señalan al aire y las paredes.)* (Se asusta.) *(Mima el temblor y el llanto de su hija señalando a la pintura del fondo.)* (Cuando duerme...)

> *(Ademán de dormir; mímica de un despertar lleno de gritos y lágrimas.)*

Goya.—¿Que sufre pesadillas? *(Ella asiente.)* ¡Yo lo habría advertido! *(Ella deniega con vehemencia y le señala los oídos. Luego lo toma de un brazo y lo lleva al balcón, indicándole algo.)* ¿Los voluntarios realistas?

Leocadia.—*(Asiente y vocaliza.)* (¡Peligro!)

Goya.—*(Sin convicción.)* No van a molestar a los niños. *(Ella afirma, señala al exterior y mima la acción de pegar a un niño, indicando que los voluntarios lo han hecho otras veces.)* Aunque así sea, habría que traerlos para la Navidad... *(Ella dibuja un mohín de perplejidad.)* Conque, para ver a mi hija, habré de ir yo cada día a casa de mi amigo Tiburcio. (Leocadia *deniega, nerviosa.)* ¿Cómo que no? (Leocadia *vuelve a señalar al balcón, le señala a él y mima la acción de golpear. Caviloso, Goya mira por el balcón, hacia el puente. Los latidos vuelven a sonar sordamente. Entonces Leocadia*

*retrocede sigilosa, mirándolo con ojos enigmáticos, y
sale furtiva por la derecha. El pintor sacude su cabeza,
se vuelve y contempla, absorto, cómo la imagen de Saturno crece e invade, amenazante, la pared del fondo.
Luego se reporta, corre a la derecha y vocifera.)* ¡Con-
denada bruja! ¿Qué trampa es ésta?

> *(Bajo el sordo latir cordial torna a la mesa
> y toma la campanilla, que agita. Los latidos
> callan. El pintor para sus campanillazos y los
> latidos se oyen de nuevo. Mirando la enorme
> cabeza de Saturno, agita otra vez la campa-
> nilla, y cesan los latidos. Detiene su brazo, y
> tornan a oírse. La luz se va lentamente y, al
> cesar los latidos, se oye, muy débil, la cam-
> panilla. Cuando calla vuelven a oírse, más
> apagados, los latidos. Se oye luego la campa-
> nilla más fuerte y, cuando calla, apenas se
> perciben ya los latidos. La campanilla suena
> otra vez con fuerza y, al callar, nada se oye.
> Suena dos veces más la campanilla. Un si-
> lencio. La luz vuelve despacio. En el fondo
> aparecen* La Leocadia, El Santo Oficio *y* La
> lectura. *El cuadro de los voladores ha desa-
> parecido. Envaradas,* Doña Leocadia *y* Doña
> Gumersinda Goicoechea *están sentadas jun-
> to al brasero.* Doña Gumersinda, *que ha
> venido muy prendida, aparenta unos treinta
> y cinco años. No mal parecida y toda sonri-
> sas, su rostro afilado y sus vivos ojos carecen
> de dulzura.)*

[Leocadia.—¿De cierto no le apetece un vasito de
rosolí?

Gumersinda.—De cierto. Gracias.]

Leocadia.—Ha de perdonar los campanillazos que la
zafia de Emiliana la ha obligado a dar... [De saber que
era usted, yo misma habría abierto.]

GUMERSINDA.—[Por favor,] no se excuse, ya me hago cargo. ¿Qué tal se encuentra su amo?

LEOCADIA.—*(La mira con viveza, pues comprende la intención insultante.)* ¿Francho? Muy contento y saludable. Con los arrestos de un mozo.

[GUMERSINDA.—¿Para todo?

LEOCADIA.—¿Qué quiere usted decir, mi señora doña Gumersinda?]

GUMERSINDA.—¿Come bien? ¿No tose? ¿No se cansa?

LEOCADIA.—No hace tanto que usted le ha visto. Igual está.

GUMERSINDA.—Es que a esas edades..., puede suceder lo peor de un día para otro...

LEOCADIA.—Segura estoy de que aún nos durará muchos años. *(La desafía.)* ¡Imagino que hasta podría casarse!

GUMERSINDA.—*(Estupefacta por su descaro.)* ¡Dios quiera que no dé en esa manía! Sólo una pelandusca se avendría a tal escarnio, para heredar sus bienes y adornarle encima la frente...

LEOCADIA.—No hay cuidado. Él no lo piensa.

[GUMERSINDA.—*(Dulce.)* ¿Es usted, entonces, quien lo ha pensado?

LEOCADIA.—¿Yo?

GUMERSINDA.—*(Inocente.)* ¿No ha sido usted quien ha dicho que podría casarse?

LEOCADIA.—*(Inmutada.)* Quise decir...

GUMERSINDA.—*(La interrumpe.)* Si la entiendo... Que su salud es buena. *(Señala a* La Leocadia.*)* ¿Esa manola es lo último que ha pintado?

LEOCADIA.—Sí, señora. Es mi retrato.

GUMERSINDA.—No se le parece. Cualquiera sabe a qué mujer habrá recordado mi suegro al pintarlo...

LEOCADIA.—*(Seca.)* Pues yo he sido el modelo.]

GUMERSINDA.—[Cuando usted lo dice...] Pero aún no la he preguntado por su señor esposo. [¿Se halla bien de salud?]

LEOCADIA.—Usted no ignora que nunca lo veo...

GUMERSINDA.—¡Discúlpeme! Estos olvidos míos... Su
esposo es aún muy mozo, gracias a Dios, y estará bueno
y sano. ¡Él sí que vivirá largos años! *(Suspira.)* Pues
yo venía a saber, doña Leocadia, si celebraríamos aquí
la Navidad como de costumbre. Estamos a 15 de diciembre y habrá que ir disponiéndolo todo. ¿Armarán
Belén este año? [He visto en la Plaza Mayor unas figuras lindísimas.] ¿Me consentirá que le traiga a Mariquita los tres magos?

LEOCADIA.—Mis hijos no estarán aquí, [doña Gumersinda.]

GUMERSINDA.—¿No? [¿Cómo así?]

LEOCADIA.—*(Vacilante.)* Doña Gumersinda, yo la ro-
garía que me ayudase a convencer a Francho de que
este año... celebrásemos la Navidad en casa de ustedes.

GUMERSINDA.—*(Fría.)* ¿Por qué?

LEOCADIA.—Su suegro corre peligro... Y el barullo de
esos días favorece la impunidad... [Francho debiera salir de España y no quiere hacerlo.] ¡Pero si saliera, al
menos, de esta casa! ¡A la de ustedes, quizá!...

GUMERSINDA.—¿Piensa que él... debe esconderse?
(LEOCADIA asiente.) ¡Pero mi suegro no ha hecho nada
malo!

LEOCADIA.—Otros que nada hicieron han sido perse-
guidos y muertos.

GUMERSINDA.—Nuestra casa no es buen escondrijo...
Tampoco mi esposo está bien considerado... Al fin, como
hijo de su padre. *(Sonríe.)* Pero no van a incomodar a
ninguno de los dos; no son tan perversos. [Y aquí, tan
apartado, mi suegro se halla menos expuesto que en la
Babel de Madrid...]

LEOCADIA.—*(Se levanta, nerviosa.)* Y si le sucede algo,
como ya ha vivido bastante...

GUMERSINDA.—*(Se levanta.)* ¿Qué insinúa?

LEOCADIA.—¿La he entendido mal?

GUMERSINDA.—¡Le prohíbo...!

LEOCADIA.—*(Colérica.)* ¿Qué?

GUMERSINDA.—*(Se contiene.)* No tendré en cuenta su insolencia, pues veo que está asustada. Y aunque a usted no parezca importarle, no debemos disgustar a mi suegro. Ante él, pondremos buena cara... [La Nochebuena se festejará aquí, a no ser que él mande otra cosa. Es la familia quien lo ha de disponer, no usted.]

(Se aleja y contempla la pintura de La Leocadia.)

LEOCADIA.—*(Conteniendo su indignación.)* A poco que yo pueda, Francho no pasará aquí las fiestas.

GUMERSINDA.—No se crea tan influyente, señora mía. Y no le vuelva a llamar Francho. En su boca es ridículo.

(GOYA entra por la izquierda.)

GOYA.—*(Campechano.)* ¡La Gumersinda!

GUMERSINDA.—(¡Padre!)

(Se abrazan. GUMERSINDA besuquea la cara del anciano.)

GOYA.—¡Qué alegría! ¿Dónde se ha metido mi Paco? *(GUMERSINDA deniega, mimosa y compungida.)* ¡Cómo! ¿No ha venido el muy descastado? *(Ríe.)* Pero ¿a que sí me has traído a mi nieto? ¿Y a que sé dónde está? ¿A que ha ido al cobertizo a mirar los caballos? ¡Será un gran jinete, yo te lo digo! *(Cruza.)* ¡Marianito!... ¡Marianito!... *(GUMERSINDA corre tras él, lo retiene y deniega.)* ¿Qué?

GUMERSINDA.—(Marianito no ha podido venir...)

GOYA.—¿Tampoco ha venido?

(GUMERSINDA deniega, con humilde contrariedad.)

GUMERSINDA.—(Ma-ria-ni-to...) *(Junta las manos.)* (Le pide per-dón...) *(Acciona.)* (Y le manda be-sos.)

(Besa en el vacío y luego lo besuquea a él.)

GOYA.—Deja, deja. *(Devuelve maquinalmente un beso.)* No ha venido.

> *(Mohíno, se sienta a la mesa y se pone a dibujar.)*

GUMERSINDA.—*(Se acerca y le besa el cabello.)* (No se me enfade... Un día de estos se lo traigo. Prometido...)

> *(Besa dos de sus dedos en cruz.)*

GOYA.—*(Molesto porque no la entiende.)* ¡Leo! ¿Qué dice? (LEOCADIA *se acerca y traza rápidos signos.* GUMERSINDA *indica que no es necesario, toma un lapicero y escribe sobre un papel, pero* LEOCADIA *sigue formando signos.* GOYA *sonríe después de mirar al papel y a* LEOCADIA.) Tú, que me traerás a mi nieto antes de Nochebuena, y tú, que hasta la Nochebuena no lo trae. ¡Para fiarse de mujeres!

GUMERSINDA.—*(A* LEOCADIA.) (¡Yo no he dicho eso, sino esto!)

> *(Señala al papel.)*

LEOCADIA.—(¡Digo lo que he entendido!)

> *(Y vuelve a trazar signos, y* GUMERSINDA *torna a escribir, nerviosa.)*

GOYA.—*(Hosco.)* Y así, treinta y un años. *(Mira al papel.)* No coincidís, no. *(A* LEOCADIA.) Pero a ti sí te puedo responder. Ni hablar de celebrar fuera de aquí las Navidades.

> *(GUMERSINDA* sonríe, triunfal. Contrariada, LEOCADIA *inicia nuevos signos. Mimosa y risueña,* GUMERSINDA *acaricia al pintor y, tocándose la sien con un dedo, le indica que* LEOCADIA *está loca.)*

LEOCADIA.—(¡Es usted una deslenguada!)
GUMERSINDA.—(¡No he dicho esta boca es mía!)
LEOCADIA.—(¡Pues una malpensada!)

GUMERSINDA.—(¿De malos pensamientos se atreve a hablar?)

LEOCADIA.—(¡Y de malas acciones!)

GUMERSINDA.—(¡Cuide lo que dice!)

LEOCADIA.—(¡Embaucar a un pobre viejo es indigno!...)

GOYA.—(*Harto de no entender, las sobresalta con un gran golpe inaudible sobre la mesa.*) ¡El diablo os lleve a las dos! ¡Os quiero ahí, sentadas y tranquilas! (*Señala, y las dos mujeres van a sentarse al sofá.*) Y ahora murmurad cuanto queráis. Pero en Navidad, todos aquí, conmigo. (LEOCADIA *inicia tímidos signos.*) ¡Tus hijos también! ¡Y no quiero ver más muecas! Parecéis monas. (*Se absorbe en su dibujo.* GUMERSINDA y LEOCADIA *cambian, en el silencio, breves y ásperas palabras. La plática de las dos señoras no tarda en agriarse de nuevo; sus gestos muestran el sarcasmo y el desprecio que mutuamente se dedican.*) ¿Tampoco vino hoy el cartero? (*Ellas disputan y no le atienden. Él las mira y repite con fuerza.*) ¿Tampoco vino hoy el cartero? (*Ellas lo miran y* LEOCADIA *deniega.*) Seguid. Seguid con vuestras ternezas. (*Dibuja, y ellas tornan a su disputa. Un leve cacareo comienza a oírse y* GOYA *levanta la cabeza. El cacareo gana intensidad y* GOYA *mira al sofá, advirtiendo que el ruido gallináceo parece salir de los labios de* LEOCADIA, *que está en el uso de la palabra. El cacareo aumenta; es evidente que* LEOCADIA *está furiosa. Con altivo ademán* GUMERSINDA *la detiene y responde con un displicente rebuzno.* GOYA *las observa con extraña expresión; aunque contiene su hilaridad, hay una chispa de terror en sus ojos. Por boca de ambas señoras, los cacareos y los rebuznos se alternan; hay creciente sorpresa en los cacareos de* LEOCADIA *y victoria creciente en los rebuznos de* GUMERSINDA. *Lívida, se levanta de pronto* LEOCADIA *y lanza dos furibundos cacareos, que equivalen a una crispada pregunta.* GUMERSINDA *se levanta y responde con un rebuzno solemne, que parece una rotunda aseveración. Inquieto y oprimiéndose los oídos,* GOYA *ríe a carcajadas. Ellas enmudecen y lo miran. Luego se miran entre ellas. Acercándose al anciano,* GUMERSINDA *se despide con cariñosos besos.)* ¿Te vas ya? (GUMERSINDA *asiente y emite un tierno rebuznillo.* GOYA *no sabe si espantarse o reír.)* Pues... dales muchos besos a ese par de ingratos. (GUMERSINDA *asiente, hace una genuflexión, dedica después a* LEOCADIA *un frío cabezazo, que ésta apenas devuelve, y sale, rápida, por la derecha. Una pausa.* LEOCADIA *está mirando al pintor con ojos rencorosos. Aún afectado por la burla de sus oídos,* GOYA *dibuja. Se oye el maullido de un gato.* GOYA *abandona el dibujo y mira al frente, sombrío.* LEOCADIA *se acerca y le vuelve la cabeza con violencia para que la mire. Entonces traza signos.* GOYA *se turba. Una pausa.* LEOCADIA *pregunta con un imperativo movimiento de cabeza. El pintor estalla.)* ¡La Gumersinda es una deslenguada!

LEOCADIA.—*(Con enérgico braceo y cabeceo.)* (¿Luego es cierto?)

GOYA.—*(Arroja el lápiz y se levanta.)* ¡Sí! ¡Es cierto!

LEOCADIA.—*(Sus movimientos acusan auténtica desesperación.)* (¡Dios mío! ¡Así me pagas! ¡Ése es tu cariño por Mariquita! ¡Mis hijos y yo nos veremos suplicando una caridad por las calles!)

GOYA.—*(Pasea, huyendo de ella.)* ¿A qué vienen esos aspavientos?... Cálmate y escucha. ¡Has de comprenderlo!... *(La retiene por un brazo.)* ¡Cállate! *(Ella grita inaudiblemente.)* No te oigo, pero cállate. *(Ella se desprende y se sienta, llorosa.)* Atiende, mujer. El rey es un monstruo, y sus consejeros unos chacales a quienes azuza, no sólo para que maten, sino para que roben. ¡Amparados, eso sí, por la ley y por las bendiciones de nuestros prelados! ¿Despojar a un liberal de sus bienes? ¡Que no se queje; merecería la horca! No somos españoles, sino demonios, y ellos ángeles que luchan contra el infierno... Yo me desquito. Los pinto con sus fachas de

brujos y de cabrones en sus aquelarres, que ellos llaman fiestas del reino. Pero también madrugo, porque
no soy tonto. Así que, hará tres meses, fui al escribano
y cedí esta finca a mi nieto Marianito. *(Exaltada,* LEO-
CADIA *traza signos.)* ¡A Mariquita no podía ser!

LEOCADIA.—(¡Es tu hija!)

GOYA.—¡Es mi hija, mas no ante la ley, ni ante la
Iglesia! [¡Y la finca debía pasar a un miembro de mi
familia!...] ¡Oh! ¡No sé ni por qué te explico! *(Pasea.
Ardorosa,* LEOCADIA *traza signos.)* [¡No!

LEOCADIA.—(¡Sí!)

GOYA.—¡Bueno, sí! ¡Pero no! En vida puedo regalar
lo que quiera y a quien se me antoje. ¡Pero regalar la
finca a Mariquita habría sido difamarla y difamarte
a ti! *(*LEOCADIA *deniega.)* A tus hijos y a ti os protegeré,
descuida...

LEOCADIA.—(¿Cómo?)

GOYA].—¡No lo he cedido todo! Dispondré donacio-
nes para vosotros...

[LEOCADIA.—(¿Cuándo?)

GOYA.—*(Sonríe.)* No hay prisa. Aún viviré cien años,
como el Tiziano.]

LEOCADIA.—*(Se levanta y traza signos al tiempo que
habla.)* (Se lo llevarán todo! ¡Tu hijo es un aprovechado
y tu nuera una bruja!)

GOYA.—¡Mi hijo no es un aprovechado!

LEOCADIA.—*(Más signos.)* (Esperan tu muerte como
grajos!)

GOYA.—¡No son grajos! ¡Y no esperan mi muerte!

LEOCADIA.—*(Más signos.)* (¡El gandul de tu nieto no
espera otra cosa!)

GOYA.—*(Súbitamente herido, la zarandea.)* ¡Cotorro-
na! ¡Mi nieto no es un gandul y me quiere! ¡A mi Marianito lo vas a respetar! ¿Me oyes? *(*LEOCADIA *atiende
de pronto hacia la derecha.)* ¿Me oyes? *(Ella le indica
que calle, que algo sucede en la casa. La Leocadia y La
lectura desaparecen.)* ¡Basta de mañas! No vas a enga-

ñarme, aunque esté sordo. *(Ella le ruega de nuevo que calle.)* ¡Que atiendas, te digo!

LEOCADIA.—*(Se revuelve, exasperada, y forma rápidos signos.)* (¡Eres imposible! ¡Me iré!)

GOYA.—¡Pues vete! *(Le oprime con fuerza un brazo.)* ¡Vete con tus hijos y pide amparo a uno de esos voluntarios del puente con quienes chicoleas!

LEOCADIA.—*(Desconcertada.)* (¿Qué?)

GOYA.—¡A ese buen mozo de los bigotes! ¡Al sargento!

LEOCADIA.—*(Turbada.)* (¿Qué dices?)

GOYA.—*(Violento, la empuja hacia el frente, no sin que ella lance una inquieta mirada a la derecha.)* ¡Desde aquí te he visto!... Ya que no puedes buscarlos en Francia, ¿eh?... *(Ella deniega, pálida.)* Buscona.

> *(La repele y sale, airado, por la izquierda, sin reparar en el padre* DUASO, *que ha asomado por la derecha un segundo antes.* El Santo Oficio *aumenta de tamaño.)*

LEOCADIA.—*(Tras* GOYA.) ¡Francho!... ¡Francho!

DUASO.—*(Se quita la teja.)* Ya sabe que no oye, señora. (LEOCADIA *se vuelve, sorprendida.* DON JOSÉ DUASO Y LATRE *es un sacerdote de cuarenta y ocho años y de aventajada estatura. Su pelo oscuro acentúa la palidez del rostro, fino y agradable. Su aguda mirada, su tersa frente, denotan inteligencia. Sus carnosos labios revelan un temperamento sensual que él combate con su constante actividad y sus estudios. Un solideo le abriga la coronilla; sobre la sotana luce la cruz de Carlos III.)* Perdone que haya subido sin anunciarme.

LEOCADIA.—Perdone su reverencia mis gritos. Don Francisco...

DUASO.—*(Levanta una mano.)* Comprendo, señora.

LEOCADIA.—Dígnese tomar asiento, reverendo padre.

> *(Le indica el sofá.)*

DUASO.—Gracias. *(Avanza.)* Mejor aquí, con su licencia. *(Se dirige a la mesa.)* Mis piernas soportan mal el calor.

> *(Se despoja del manteo. LEOCADIA se apresura a recogerle teja y manteo, que deposita sobre un asiento.)*

LEOCADIA.—Permítame, padre.

DUASO.—Gracias, hija mía.

LEOCADIA.—Su reverencia querrá hablar con don Francisco...

DUASO.—Después de platicar con usted, mi señora doña Leocadia.

> *(Y le señala, cortés, el sofá.)*

LEOCADIA.—Su reverencia me manda.

> *(Se sienta y él lo hace en el sillón, tras la mesa.)*

DUASO.—Sólo he estado una vez en esta casa, pero en la calle de Valverde fui vecino de ustedes...

LEOCADIA.—Lo recuerdo muy bien. Su reverencia es don José Duaso y Latre. *(Él se inclina, risueño.)* Don Francisco se va a alegrar muchísimo. Y esta su humilde servidora... también le agradece su visita, reverendo padre.

DUASO.—¿Por qué, hija mía?

LEOCADIA.—Su reverencia sabe hasta qué extremo andan desatadas las pasiones. Temo por don Francisco...

DUASO.—¿Le han molestado?

LEOCADIA.—Todavía no.

DUASO.—Quizá sobre el *todavía*, señora.

LEOCADIA.—Perdone, padre. No soy más que una mujer ignorante.

DUASO.—No se disculpe. Temer por su señor la honra. Si no me engaño, le sirve... de ama de llaves desde hace unos diez años.

LEOCADIA.—*(Baja los ojos.)* Sí, padre.

DUASO.—*(Frío.)* Su señor esposo, ¿vive aún?

LEOCADIA.—Sí, padre.

DUASO.—Es lastimoso que en tanto tiempo no se hayan reconciliado... Un matrimonio desavenido es [una gran tristeza y...] si me permite decirlo..., un gran pecado.

LEOCADIA.—Lo sé, padre. Pero él me repudió.

DUASO.—No lo ignoro, hija mía.

[LEOCADIA.—Por sospechas sin fundamento... Créame...]

> *(Campanilla lejana. Ella mira un momento hacia la derecha.)*

[DUASO.—No le pregunto nada, hija mía. Esas intimidades sólo se deben revelar al confesor y a Nuestro Señor Jesucristo durante la misa. Porque usted irá a misa...]

LEOCADIA.—[*(Se apresura a asentir.)* Todos los domingos, a la Virgen del Puerto.] *(Se levanta, nerviosa.)* Llamó alguien... Con su licencia voy a ver.

> *(Va hacia la derecha.* DUASO *se ha levantado y asiente, pero sigue hablando y la obliga a detenerse.)*

DUASO.—Creo recordar que sus hijos viven con usted...

LEOCADIA.—*(Se vuelve.)* Así es, padre.

DUASO.—¿Serán ya mayorcitos?

LEOCADIA.—Mi Guillermo ha cumplido los catorce. (DUASO *aprueba, sonriente.)* Y mi María del Rosario, los nueve. (DUASO *la mira fijamente. Ella añade, turbada.)* Pronto cumplirá los diez.

DUASO.—*Beati pauperes spiritu...* Rezaré a la Virgen, señora, para que esos inocentes reciban siempre buen ejemplo [y se críen en el temor de Dios.]

LEOCADIA.—*(Humillada.)* Gracias, reverendo padre.

> *(El doctor* ARRIETA *aparece por la derecha y se inclina.)*

ARRIETA.—Sentiría importunar.

Duaso.—*(Sonríe.)* Al contrario, doctor Arrieta. Celebro saludarle después de tantos años...

Arrieta.—Muchos, padre Duaso. ¿Puedo darle albricias por sus recientes honores y ascensos?

Duaso.—¿Ascensos?

Arrieta.—¿No lo sabe, doña Leocadia? El padre Duaso ha sido nombrado capellán de Su Majestad. Y está encargado, desde mayo, de la censura de publicaciones.

(Leocadia *se inclina en cortés felicitación.)*

Duaso.—*(Risueño, después de un momento.)* Yo soy aragonés, mi señor don Eugenio. Y por consiguiente, muy franco. ¿No encubren cierta desaprobación sus palabras?

Arrieta.—*(Cauto.)* No le entiendo.

Duaso.—¿Me equivoco al pensar que a usted no le agrada mi nombramiento de capellán de Palacio ni mi trabajo en la censura?

Arrieta.—Yo sólo me ocupo en la salud de los cuerpos, reverendo.

Leocadia.—*(Inquieta.)* Por favor, acomódense... Mandaré que les traigan un chocolate...

Arrieta.—No para mí, doña Leocadia. Lo tomé hace media hora.

Duaso.—No se moleste, señora. Y háganos la merced de su compañía. (Leocadia *se sienta,* Duaso y Arrieta *la imitan. Un suspiro de* Duaso.*)* No pretendo sonsacarle nada, doctor Arrieta. Pretendo amistad verdadera. Se guarda demasiado silencio en España y eso no es bueno.

Arrieta.—Así es, padre. Se ha ordenado un gran silencio, y la censura que su reverencia ejerce lo prueba. Quien se atreve a romperlo suele pagarlo caro. [No es fácil la franqueza, aunque nos convide a ella una persona tan honesta como su reverencia...] Pero yo nunca milité en ningún campo, salvo en el de nuestra gloriosa independencia. Yo sólo soy **médico**.

DUASO.—*(Vuelve a suspirar.)* Y sólo quiere hablar de la salud de los cuerpos... [Confío en que un día me conozca mejor.] ¿Debo entender, al verle aquí, que don Francisco está enfermo?

ARRIETA.—Acaso.

DUASO.—¿Acaso?

ARRIETA.—Mire las pinturas de los muros.

DUASO.—¿Son suyas? Al pronto creí que serían viejos frescos de la finca.

ARRIETA.—Porque no le agradan, como a nadie.

DUASO.—*(Mira a las paredes.)* Bellas no son... Hay mucha violencia, mucha sátira en ellas. [Y algo... difícil de definir.

ARRIETA.—Pavor. Treinta y un años de sordera han mudado para él a los hombres en larvas que vociferan en el silencio.

DUASO.—Sí. Ahora veo que son de él. Porque] ese mundo ya asomó en sus grabados...

ARRIETA.—Sus grabados se difundían. Ahora, bajo el gran silencio, el pintor se consume y grita desde el fondo de esta tumba, para que no le oigan.

DUASO.—¿Por miedo?

ARRIETA.—O por locura. Tal vez las dos cosas. Y temo un triste desenlace... Goya es ya muy viejo.

LEOCADIA.—¡El padre Duaso no nos dejará sin amparo!

DUASO.—*(Después de mirarla, a* ARRIETA.*)* ¿Pensó en algún remedio?

ARRIETA.—Por lo pronto huir de este pozo, donde respira emanaciones de pantano.

DUASO.—¿De esta casa, quiere decir?

ARRIETA.—Quiero decir de este país, padre Duaso.

(DUASO *frunce el ceño.*)

LEOCADIA.—¡A Francia!

DUASO.—El verdadero pantano es Francia... ¿No se puede curar a este español en España?

ARRIETA.—Eso, padre, lo debe contestar su reverencia.

(*Un silencio. Vuelo de pájaros gigantes en el aire, cuyo ruido crece. Demudado,* GOYA *irrumpe por la izquierda. Todos se levantan.* LEOCADIA *corre a su lado.*)

LEOCADIA.—(¿Qué sucede?)

(*El pintor la mira con los ojos desorbitados.* DUASO *se acerca a* GOYA.)

DUASO.—(Don Francisco, a mis brazos...)

GOYA.—(*Mira a todos como a desconocidos.*) [Está oscureciendo.] Trae luces, Leocadia. (LEOCADIA *asiente y sale por la derecha.*) Que vean luz en la casa; que no está abandonada. (*Todos se miran, perplejos;* GOYA *intenta serenarse.*) ¡Que estoy yo, con mis amigos! ¡Y con mis perros! [Padre Duaso, le agradezco la visita. ¿Quizá le han encargado también de la censura de las artes? (DUASO *deniega con vehemencia.*) No me engañe. ¡Estoy sordo y todos me engañan! Si viene a juzgar mis pinturas, no disimule.]

DUASO.—(*[Consternado, deniega y] abre los brazos.*) (Hijo mío, vengo como amigo...)

(GOYA *lo mira, desconfiado, pero termina por abrazarlo con triste sonrisa.*)

GOYA.—¡Paisano!...

(*Entra* LEOCADIA *con un velón encendido que deja sobre la mesa.*)

[DUASO.—(Eso, don Francisco. ¡Paisano y amigo!)
GOYA].—Excuse mi arrebato. (*Mira a todos.*) No, no estoy loco, ¡sino rabioso!

LEOCADIA.—(¿Por qué?)

GOYA.—Acaban de pintar en mi puerta una cruz.

LEOCADIA.—(¿Qué dices?)

(*Todos corren a atisbar por el balcón.* GOYA *los aparta y mira.*)

Goya.—Ya se han ido. Los vi desde el otro balcón. *(Convulsa, Leocadia grita. Arrieta intenta calmarla. Duaso frunce las cejas.)* Que salgan Andrés y Emiliana con un balde de agua y limpien la puerta. (Leocadia *sale, muy afectada, por la derecha.)* Otro apestado: Francisco de Goya. Me habían hablado de esas cruces. *(Pasea y se vuelve a* Duaso, *con maligna sonrisa.)* Sus amigos, paisano. (Duaso *deniega, molesto.)* Perdóneme, no sé lo que digo. Vamos a sentarnos. (Arrieta *se sienta junto al brasero.* Duaso, *tras la mesa.)* Y yo a su lado, para leer lo que quiera decirme. *(Le tiende a* Duaso *un lápiz y se sienta al extremo de la mesa.)* Porque ha llovido desde su última visita... (Duaso *va a escribir.)* No se disculpe; conozco sus escrúpulos. No soy cura y mi ama de llaves aún es moza. (Duaso *va a escribir.)* Y casada. *(El padre* Duaso *baja los ojos.)* Dígame en qué puede servirle el viejo Goya. (Arrieta *se levanta para atisbar por el balcón invisible.* Duaso *escribe.* Goya *lee.)* Al modo de Aragón, padre. Por las claras. ¿Tiene o no su visita algún fin? [(Duaso *escribe.)* Igual me quedo...] *(A* Arrieta.) ¿Están borrando la cruz, doctor? (Arrieta *asiente.* Duaso *escribe.* Goya *sonríe con afecto y le oprime una mano al sacerdote.)* Gracias. De corazón. No he menester de ayuda. (Arrieta *lo mira, retrocede y vuelve a sentarse.* Duaso *afirma y escribe.)* No temo a esos truhanes. Como vuelvan los despacho a tiros. (Duaso *menea la cabeza y escribe.)* ¿Lo cree? (Duaso *afirma.* Goya *se levanta.)* ¡Nunca fui masón! (Duaso *escribe.)* [Cierto. Somos lo que creen que somos... Malos tiempos.] (Leocadia *entra por la derecha.)* ¿Qué han puesto en la puerta esos hijos de perra?

Leocadia.—(¡La cruz!)

(La dibuja en el aire.)

Goya.—Y algo más. *(Ella deniega, turbada.)* ¡Les vi escribir algo bajo la cruz! ¿Qué era? (Leocadia *vacila.)* ¡Responde! (Leocadia *traza signos.* Goya *emite un gru-*

ñido socarrón y mira a DUASO.) Lo que han escrito le
concierne a usted, padre.

DUASO.—*(Sorprendido.)* (¿A mí?)

GOYA.—Deben de ser teólogos... Han escrito *hereje.*
(DUASO *frunce las cejas.*) ¡Bendito país, predilecto del
Cielo! ¡Hasta los malhechores son inquisidores!

> *(De improviso,* LEOCADIA *corre a echarse a
> los pies del padre* DUASO, *que se levanta e
> intenta alzarla.)*

LEOCADIA.—(¡Por caridad, padre, no le tenga en cuenta sus palabras! ¡Y sálvelo! ¡Dígale que abandone esa
soberbia que le posee y que se humille, que se humille!)

DUASO.—*(Al tiempo.)* (¡Por Dios y por la Virgen Santa, señora!... Serénese... ¡Usted sabe que he venido a
ofrecerme!...)

GOYA.—*(Casi al tiempo se acerca, desasosegado, y
consigue levantar a* LEOCADIA.*)* ¡Llevo treinta años presenciando una comedia que no entiendo!... ¡Levanta!
(Ella queda en pie, jadeando en el silencio. DUASO *le
pone a* GOYA *una mano en el hombro y le insta a que
atienda. Luego escribe, sin sentarse.)* No. Por nada tengo que pedir perdón. [(ARRIETA *lo mira.* LEOCADIA *intenta atisbar lo que* DUASO *ha escrito.* GOYA *va a apar-
tarla.)* ¡No metas tú la nariz! (DUASO *lo detiene e indica
con un gesto de aquiescencia que* LEOCADIA *puede leer
también. Luego sigue escribiendo.)* ¿Es un chiste? (DUA-
SO *lo mira, sorprendido.)* ¿Pedir perdón por las faltas
que él cree que hemos cometido, aunque no las haya?
Que le arreglen otros las carambolas en su billar. Yo no
pondré la cabeza junto al taco. (DUASO *escribe.)* Conforme. Siempre cometemos faltas. ¡Pero contra Dios!
Perdón, el de Dios, no el del Narices. (DUASO *menea la
cabeza con pesar.* ARRIETA *traza rápidos signos de ad-
vertencia.)* Gracias, doctor. No hay cuidado.]

LEOCADIA.—(¡El padre tiene razón! ¡Humíllate!)

GOYA.—¡No me humillaré ante el rey! (LEOCADIA *se
aparta, consternada.* DUASO *escribe y* GOYA *lee.)* ¿Qué?

Porque si me responde que el crimen borra toda justicia, entonces la causa a que usted sirve tampoco es justa. Y si me dice que sí las hay, tornaremos a disputar por cuál de las dos causas es la justa... Así. *(Señala a la pintura.)* Dios sabe por cuántos siglos todavía. *(Se vuelve hacia el frente. Una pausa.)* He pintado esa barbarie, padre, porque la he visto. Y después he pintado ese perro solitario, que [ya no entiende nada y] se ha quedado sin amo... Usted ha visto la barbarie, pero sigue en la Corte, con su amo... Soy un perro que quiere pensar y no sabe. Pero después de quebrarme los cascos, discurro que fue así: Hace muchos siglos alguien tomó a la fuerza lo que no era suyo. A martillazos. Y a aquellos martillazos respondieron otros, y a éstos, otros... Y así seguimos. Martillo en mano. (Duaso *se dirige a la mesa.* Leocadia *le implora en silencio.* Duaso *escribe. Sin acercarse,* Goya *habla.)* No insista, padre. No volveré a Palacio. [(Leocadia *traza signos, suplicante.)* Para salir a Francia es menester el permiso regio. No voy a cruzar los Pirineos como un matutero. (Leocadia *señala a* Duaso, *indicando que el sacerdote lo podría conseguir.* Goya *deniega.* Duaso *escribe y le ruega que lea.* Goya *lo hace.)* No, padre, Gracias.] Pasaremos aquí la Nochebuena y nada sucederá. Con el nuevo año, decidiremos. ¡Pero antes acabaré estas pinturas! (Duaso *escribe y le toca un brazo.* Goya *lee y acusa repentina alegría.)* ¿De veras vendrá la víspera de Nochebuena? (Duaso *asiente, risueño.)* ¿Y por qué no pasa esa bendita noche con nosotros? ¿Eh, Leocadia? (Leocadia *disimula mal su contrariedad desde que ha comprendido que el padre* Duaso *acepta la permanencia del pintor en la quinta.)* ¡Habrá buenos turrones, y buen piñonate, y un vinillo de la tierra que es pura miel! ¡Y zambombas y panderos que rompen los vidrios!

Duaso—*(Deniega, afable.)* (No puedo...)

Goya.—Vaya si lo siento. Tendrá sus obligaciones... (Duaso *asiente.)* ... en Palacio. (Duaso *baja la vista* [*y* Goya *lo mira, suspicaz.)* Oiga, paisano: ¿quizá le ha ha-

blado el rey de mí? (DUASO *vacila y escribe algo*.]
ARRIETA *lo mira*.) [¿Le ha hablado, sí o no? (DUASO *escribe de nuevo*.) A veces creo que los demás están más
sordos que yo. *(Señala al papel.)* No entiendo sus latines, pero confío en que nada le dirá al rey de esta visita... (DUASO *escribe, sonriente*.) ¿Más latinajos?

DUASO.—*(Con afable ademán muestra su sotana.)*
(¡Soy cura!)

(GOYA *ríe y el sacerdote lo abraza*.)]

GOYA.—¡Pues hasta la víspera de Nochebuena, padre!
Le acompaño al portón.

DUASO.—*(Se inclina ante* ARRIETA.) (Dios le guarde,
doctor.)

ARRIETA.—(Él sea con su reverencia.)

(LEOCADIA *entrega a* DUASO *sus prendas.
Él las agradece con un paternal gesto de despedida, le tiende la mano, que ella besa, y
sale por la derecha, acompañado por* GOYA.)

GOYA.—*(Su voz.)* Cúbrase, padre, que ya hace frío...

*(Estrépito de cristales rotos. Envuelta en
un papel, una piedra cae al suelo.* LEOCADIA
grita; ARRIETA *la recoge.* DUASO *reaparece,
presuroso.)*

DUASO.—¿Qué ha sucedido?
ARRIETA.—*(Le muestra la piedra.)* Mire.

(LEOCADIA *intenta retener a* DUASO, *que
pretende, colérico, asomarse al balcón*.)

LEOCADIA.—¡No se acerque! ¡Pueden tirar otra!

(GOYA *reaparece en la derecha*.)

GOYA.—¿Olvidó algo, padre? *(Todos lo miran, hasta
que él comprende lo ocurrido.)* ¿Una piedra?

ARRIETA.—(Con un papel.)

> (*Lo ha dicho mirando a* DUASO, *que se
> acerca y tiende la mano.*)

DUASO.—(Démelo.)

GOYA.—(*Se interpone, hosco.*) ¡No, paisano! Ese billete es para mí.

> (*Arrebata el papel, va a la mesa, se cala
> las gafas y lee.*)

LEOCADIA.—(*Trémula.*) (¿Qué dice?)

GOYA.—Un consejo pictórico. También son pintores.
(*Lo miran, extrañados.*) Escuchen: ¿Cuál es la diferencia entre un masón y un lacayo de los masones? Pinta
una horca con un sapo viejo colgando y pon debajo:
aunque no me apunté, el son bailaba. (LEOCADIA *tiene
que sentarse.* ARRIETA *mira al exterior.*) No mire, don
Eugenio. Se habrán agazapado en las sombras.

LEOCADIA.—(¡Lléveselo fuera de aquí, padre Duaso!...)

> (DUASO *va a escribir y un ademán del pin-
> tor lo detiene.*)

GOYA.—¡No saldré de aquí!

DUASO.—(*Se toca la frente.*) (¿Está loco?)

GOYA.—No estoy loco. Y ahora váyase, padre. A un
sacerdote nada le harán; son muy piadosos. Ni a quien
le acompañe; conque usted, doctor, salga con el padre
Duaso. Les espero a los dos el 23 de este mes. (DUASO
va a insistir. GOYA *le corta, tajante.*) ¡Vayan con Dios!
(DUASO *suspira, le oprime un brazo con afecto y se encamina a la derecha.* ARRIETA *se inclina ante* GOYA *y se
reúne con* DUASO. *Con el rostro lleno de malos presa-
gios,* LEOCADIA *los precede, indicándoles el camino. Salen los tres. Una pausa. Se oye el lejano aullido de un
perro y el pintor se vuelve, brusco, a mirar el que ha
pintado. Comienzan a oírse lentos y sordos latidos. Con
los dientes apretados,* GOYA *deniega y al fin le vuelve la*

espalda al fondo, para acercarse al balcón invisible.)
Ya se van mis amigos... Otra vez en el desierto.

> *(Crece la fuerza de los latidos.* GOYA *vuelve a denegar y, con visible esfuerzo, intenta no oír nada. Los latidos se amortiguan; la* Riña *se trueca en* Asmodea. *Sobre el ruido, ya muy leve, de los latidos, crece la voz de* MARIQUITA.)

MARIQUITA.—*(Su voz, sigilosa.)* Otros salen de casa... Ahora... ¿No los oye?

GOYA.—*(Sonríe, amargo, pero desconfía.)* No será Leocadia... *(Se asoma a la derecha y vuelve, disgustado consigo mismo.)* ¡No quiero oírte! Vete. Sé que no existes.

> *(Los latidos cesan.* GOYA *mira, intrigado a su pesar, a la derecha.)*

MARIQUITA.—*(Su voz.)* No lo sabe... (GOYA *se tapa los oídos.)* Y aunque se tape los oídos... ¿Cómo no va a oír a su Asmodea?

GOYA.—¿Asmodea?

MARIQUITA.—*(Su voz, riente.)* Mi mano sabe acariciar... Le llevaré a la montaña, taña, taña, taña...

GOYA.—*(Crispado.)* ¡Mariquita!

MARIQUITA.—*(Su voz.)* Quita, quita, quita... Mariquita, Mar, Marasmodea, dea, dea, dea... Marasmo...

> *(Silencio.* GOYA *se abalanza a la paleta, la empuña y toma pinceles. Cuando va a subir por la gradilla, regresa* LEOCADIA *por la derecha, llorando sin gestos.)*

GOYA.— Mañana me traigo a tus hijos. *(Ella deniega blandamente.)* ¡Ya lo verás! *(Ella traza signos.* GOYA *se demuda y queda inmóvil un segundo, con los ojos chispeantes. Luego baja presuroso de la gradilla, abandona paleta y pinceles y se abalanza a la puerta de la derecha.)* ¡Andrés! ¡Emiliana!... *(Sale y se oye su voz.)* ¡Per-

dularios! ¡Raposos! ¿Así me pagáis?... ¡Os mando que
os quedéis!... *(Breve pausa.)* ¡¡Sanguijuelas!! *(Un silencio. Vuelve* GOYA.*)* Se han ido. (LEOCADIA *asiente.*) [Por
la cruz, por la pedrada... *(Ella asiente.)*] Son peores
que ratas.

LEOCADIA.—*(Deniega y se la oye perfectamente.)* Es
que no están locos.

> (GOYA *la mira, sobresaltado. Luego mira
> a* Asmodea *y cruza hasta la mesa, hurgán-
> dose un oído. Se vuelve.*)

[GOYA.—¿Quién va a cuidar de los animales?
LEOCADIA.—*(Le apunta con un dedo.)* (Tú.)]
GOYA.—[No. Tampoco tú cuidarás de la huerta, ni
del fogón.] Mañana irás a las posadas de la calle de
Toledo a buscar criados. (LEOCADIA *traza signos.*) ¡Vendrán! ¡Ésta es buena casa! (LEOCADIA *va a negar, pero
mira de pronto al frente, medrosa.*) ¿Oyes algo? *(Ella
señala al balcón invisible, asustada. Vuelven los latidos.*
GOYA *avanza. Ella intenta sujetarlo; él se desprende y
llega al balcón.)* Leo, mata esa luz. (LEOCADIA *apaga las
llamas del velón. Las pinturas del fondo se oscurecen; el
aposento queda iluminado por una vaga claridad lunar.)*
Bultos junto a la puerta. [Creo que pintan otra cruz.]

LEOCADIA.—*(Ahoga un grito y señala al exterior, mi-
mando los golpes.)* (¡Están golpeando la puerta!)

> *(Los latidos se vuelven más rápidos.)*

GOYA.—¡Hay que atrancar! ¡Corre tú a cerrar por
detrás!

> *(Sale, seguido de* LEOCADIA, *por la dere-
> cha. En cuanto desaparece, los latidos cesan
> bruscamente y se oye un estruendo de gol-
> pes, voces y carcajadas.)*

VOCES.—¡Hereje!... ¡Masón!... ¡Te colgaremos a ti y
a esa zorra! *¡Negro!*... ¡Te enseñaremos lo que es España, renegado, gabacho, comecuras!... ¡Te romperemos

los cuatro dientes que te quedan, baboso!... ¡Te cortaremos la lengua, para que no blasfemes más y para que rabie la puta!...

> *(Carcajadas. Golpes contra la madera del portón.* GOYA *vuelve, rojo de ira, y se acerca al frente para mirar al exterior. En cuanto entra, callan todas las voces y ruidos de fuera, reanudándose, más fuertes y rápidos, los latidos.* LEOCADIA *reaparece a poco por la derecha, retorciéndose las manos. Sin reparar en ella, el viejo pintor siente el empellón de su sangre aragonesa y corre al fondo. Agarra la escopeta, comprueba aprisa su carga y va hacia la izquierda.* LEOCADIA *grita, deniega, corre a su lado.)*

LEOCADIA.— (¡No, Francho! ¡No cometas esa locura!)

> *(*GOYA *la rechaza y sale por la izquierda; ella lo sigue. En cuanto salen, los latidos callan y vuelve a oírse el escándalo ante la puerta de la casa.)*

VOZ.—*(Entre carcajadas de los otros.)* ¡Asómate, fantoche, masonazo!

LEOCADIA.—*(Su voz.)* ¡Francho, por la Virgen Santísima!

VOZ.—¡Abre, puta!

> *(Golpes en la puerta.)*

LEOCADIA.—*(Su voz.)* ¡Nos arrastrarán, nos devorarán!

VOZ.—¡Abre, *negro!* ¡Que te vamos a romper los huesos... a martillazos!

LEOCADIA.—*(Su voz.)* ¡Dame esa escopeta! *(Gime.)* ¡Dámela!...

VOZ.—¿Estáis en la cama?...

LEOCADIA.—*(Su voz, sollozante.)* ¡Francho, ten piedad de mí!...

Voz.—¡A taparse, que viene el coco!...

> *(Carcajadas, que cesan de súbito al reaparecer* Goya *por la izquierda, seguido de* Leocadia. *Los latidos vuelven a oírse muy fuertes. Desconcertado, el pintor parece haber perdido su arrojo. Con el rostro lleno de lágrimas,* Leocadia *le quita suavemente la escopeta y la deja sobre el arcón.* Goya *se adelanta y se inmoviliza ante la mesa, con la mirada perdida.* Leocadia *avanza y se detiene ante el brasero, temblando. Los dos miran al frente, bajo el tronar de los latidos.)*

TELÓN

[(Luz en el primer término. El resto de la escena, oscuro. A la derecha, en un sillón, EL REY borda. El padre DUASO, de pie, aguarda respetuosamente. EL REY lo mira de soslayo, sonríe y deja de bordar)

EL REY.—¿Y bien, padre Duaso?

DUASO.—Señor, don Francisco de Goya no parece inclinado a volver por Palacio. Sólo aspira a trabajar en el retiro de su quinta.

EL REY.—Es pintor de cámara.

DUASO.—Supongo, señor, que se cree en decadencia. Y como hace años que la Corte nada le encarga, pienso que prefiere no imponer en Palacio pinturas que no son del gusto de Vuestra Majestad.

EL REY.—(Ríe.) Usted supone, usted piensa... No hay duda de que es buen amigo de Goya. (Suave.) Pero también yo soy padre y amigo de todos mis súbditos... ¿Qué ha dicho él?

DUASO.—(Vacila.) No he logrado convencerle, señor, de que suplique gracia a Vuestra Majestad.

EL REY.—(Con sorna.) Ya lo sé, padre Duaso... ¿Cuáles fueron sus palabras?

DUASO.—(Embarazado.) Dijo que... no creyendo haber hecho nada malo, no hallaba motivos para pedir gracia.

EL REY.—(Suspira.) ¡Cuánta obstinación! Ningún liberal cree haber hecho nada malo. ¿Le brindó usted su intercesión?

DUASO.—Sí, Majestad.

EL REY.—¿Qué contestó?

DUASO.—Me rogó... que no me tomase ningún trabajo por él.

EL REY.—*(Después de un momento.)* ¿Cómo vive?

DUASO.—¡Como un anciano inofensivo, señor! Recluido en su quinta y sin encargos, decora las paredes con feas y torpes pinturas.

EL REY.—¿Está asustado?

DUASO.—¿Quién puede saberlo? Está sordo y es difícil hablar con él. Parece tranquilo...

EL REY.—¿Tranquilo?

DUASO.—No acobardado, cuando menos. Pero su médico sospecha que ello podría ser indicio de locura senil.

EL REY.—¿Quién es su médico?

DUASO.—El doctor Arrieta, señor.

EL REY.—Arrieta... No me suena como muy adicto. Será algún masón...

DUASO.—No parece que se haya significado, señor.

EL REY.—Padre Duaso, ¿qué se puede hacer? Abrimos los brazos amantes a nuestros hijos y nos rechazan. Como católico ferviente, mi mayor deseo es el de usted: restaurar el Santo Tribunal de la Inquisición en España. Lo voy, sin embargo, demorando por no extremar rigores... Pero los españoles son rebeldes, ingobernables... No agradecen el trato dulce y escupen en la mano que se les tiende.

DUASO.—Me colma de alegría comprobar la buena disposición de Vuestra Majestad... Si Vuestra Majestad me da su venia, volveré a rogar a Goya que se eche a los pies del trono.

EL REY.—*(Asiente.)* Cuente con mi gratitud, padre Duaso.

DUASO.—Prometí a Goya visitarlo el 23, víspera de Nochebuena. ¿Puedo asegurarle que Vuestra Majestad revoca su antigua orden?

EL REY.—*(Intrigado.)* ¿Qué antigua orden?

DUASO.—Goya me ha confiado que, en el 14, Vuestra Majestad le dijo que merecía la horca y le ordenó que no viniese a Palacio mientras no lo mandase llamar.

EL REY.—*(Risueño.)* ¡Se lo dije riendo!... *(Suspira.)* ¡No entienden! Fue una chanza. ¿Cómo iba yo a pensar que Goya debía ser ahorcado?

DUASO.—*(Alegre.)* ¿Puedo entonces asegurarle...?

EL REY.—*(Le corta, risueño.)* No. A pesar de todo, ha sido un constitucional, un impío, un adversario de mis derechos absolutos, y debe rogar mi perdón sin que yo dé el primer paso. ¡Ya he dado un avance discreto mediante las visitas de usted! Así, pues, yo no he revocado ninguna orden, ni usted le habla en mi nombre. ¿Entendido?

DUASO.—Entendido, señor.

EL REY.—Quiero tan sólo que ese terco aprenda la sumisión debida a la Iglesia y a la Corona. ¿Comprende, padre Duaso?

DUASO.—¡Lo comprendo y lo aplaudo, señor! Quisiera, no obstante...

(Se interrumpe.)

EL REY.—*(Afable.)* Hable, padre.

DUASO.—Majestad, aunque Goya me ha pedido que no interceda a su favor, el afecto que le profeso me obliga a hacerlo.

EL REY.—¡Pero si le digo, padre Duaso, que no voy a castigar a Goya, y que me basta con que suplique perdón!...

DUASO.—Lo sé, señor. Pero la casualidad hizo que, en mi primera visita, presenciase incidentes desagradables...

EL REY.—¿Incidentes?

DUASO.—Pintaron una cruz y escribieron la palabra *hereje* sobre su puerta; lanzaron una piedra que rompió los vidrios, envuelta en un papel insultante...

EL REY.—*(Frunce el ceño.)* ¿Quiénes?

DUASO.—No los vimos, señor. Estaba oscuro.

EL REY.—*(Medita.)* Habrá que poner freno a esos excesos...

DUASO.—Los tiempos que corren, señor, son propicios a otros desmanes. Temo por mi paisano y quisiera evitárselos. Si Vuestra Majestad me diese licencia para ser con él más explícito...

EL REY.—¡Encarézcale los peligros, padre Duaso! Tal vez ello le persuada a pedir gracia... ¿No le atemorizaron los incidentes?

DUASO.—Más bien le irritaron.

(Un silencio.)

EL REY.—Truhanes de la calle que no se atreverán a más... Pero encarézcale a Goya los peligros. El temor es también una virtud cristiana. *(Levanta el bordado y da una puntada.)* ¿Me dijo que lo visitará la víspera de Nochebuena?

DUASO.—El 23, señor.

(Un silencio. EL REY da otra puntada.)

EL REY.—Padre Duaso, confío en que usted le haga aceptar nuestro amparo. Y si tampoco esta vez lo consigue, seguiremos siendo pacientes con ese obstinado... *(Puntada.)* Pero no vaya antes de las ocho de la noche.

DUASO.—*(Sorprendido.)* ¿No antes de las ocho?

EL REY.—*(Lo mira, risueño.)* En bien del propio Goya... Otro día le explicaré por qué se lo pido. Tómelo como una orden.

DUASO.—*(Perplejo.)* Así lo haré, señor.

EL REY.—*(Lo despide levantando la diestra.)* Gracias por su ayuda, padre Duaso.

(Se absorbe en su bordado. DUASO se arrodilla, se incorpora y retrocede. La luz se extingue.] Coro de tenues risotadas. En la pared del fondo comienzan a brillar Las fisgonas, el Aquelarre y Judith. *Acurrucada sobre la gradilla, la silueta del pintor se recorta a contra-*

*luz. El aposento se ilumina. Envuelto en una
vieja bata para defenderse del frío,* GOYA *trabaja en la señorita sentada que se ve a la derecha del* Aquelarre. *De tanto en tanto se
estremece y se sopla los dedos. La tarima, sin
brasero, enseña su boca. Leve, múltiple, insis-
tente, el coro de misteriosas risas puebla la
soledad del anciano.* GOYA *se detiene para es-
cucharlas, menea la cabeza y continúa pintando.)*

GOYA.—Fantasías. *(Del regocijado coro descuellan
dos burlonas gargantas femeninas.)* ¡No escucharé! *(Se
concentra en su tarea. A las risillas se unen chillidos de
lechuzas. Irritado,* GOYA *se detiene.)* Basta un querer y
se van los ruidicos.

> *(Pinta, esbozando vagas negativas. Chillidos
> y risas se amortiguan. Alguna carcajada más
> fuerte provoca la muda repulsa del pintor.
> Los ruidos se debilitan y cesan.* GOYA *se cer-
> ciora del silencio y suspira. Se sopla los de-
> dos, empuña un pincel y trabaja.)*

MARIQUITA.—*(Su voz.)* No. *(*GOYA *se interrumpe en el
acto y atiende.)* Usted no puede acallar las voces. *(*GOYA
sacude la cabeza, tenso. Una pausa.) ¿Soy yo ésa que
pinta? *(*GOYA *mira, sorprendido, a la figura en que pin-
taba.)* Leocadia dice que es ella, pero soy yo. Una niña
sin miedo a las brujas. ¡La mayor bruja de todas!

> *(Ríe.)*

GOYA.—*(Inclina la cabeza.)* Es la sordera.
MARIQUITA.—*(Su voz.)* No lo cree.
GOYA.—La sordera.
MARIQUITA.—*(Su voz.)* Yo le aviso de cosas que suce-
den y que no ve... La marcha de los criados...
GOYA.—¡Puedo barruntarlas!

> *(Una pausa.)*

MARIQUITA.—*(Su voz.)* ¿Qué buscaba antes por la casa?... En el bargueño de ella, bajo las almohadas de ella...

GOYA.—No quiero escuchar.

(Se dispone a pintar.)

MARIQUITA.—*(Su voz.)* Ya no tiran piedras. Ya no pintan cruces... (GOYA, *que volvió a detenerse para escuchar, no dice nada. Las lechuzas vuelven a chillar y, en medio de su algarabía, ríen las dos burlonas gargantas femeniles.* GOYA *deja la paleta y se tapa los oídos.)* Ella tarda... (GOYA *baja de la gradilla soplándose los dedos y, por el balcón invisible, mira al camino. La voz susurra.)* Tarda siempre, desde hace días... *(Tenue coro de risas.)* Ayer se empeñó usted en salir a los cerros. *(Un silencio.)* A buscarme.

GOYA.—No estoy loco. Sé dónde está mi Mariquita.

MARIQUITA.—*(Su voz.)* Allí estoy. Pero la niña de mil años... está en los cerros. *(El pintor vuelve a la mesa y se sienta, sombrío.)* Al regresar ayer notó algo. El rastro de una visita... Un olor tal vez. *(Un silencio.)* Busque el botón. (GOYA *se sobresalta. La voz ríe.)* En el estuche de las alhajas no ha mirado.

GOYA.—Se le pudo caer...

MARIQUITA.—*(Su voz.)* ¿Al sargento de los mostachos? Esta mañana rondó por acá y usted vio que le faltaba el botón.

GOYA.—Se le caería.

MARIQUITA.—*(Su voz.)* Se lo pudo dar a ella como un presente.

GOYA.—Estoy delirando. ¡Pero lo sé! Aunque te hable, no existes. ¿Para qué sufrir? No buscaré el botón.

(Coro de tenues carcajadas. Una voz descuella.)

MUJER.—*(Su voz.)* No busques, moribundo. ¿Qué te queda ya en la Tierra? Ni siquiera nosotras.

OTRA MUJER.—*(Su voz.)* No busques el botón. Busca nuestro recuerdo.

MUJER.—*(Su voz.)* Estás solo.

OTRA MUJER.—*(Su voz.)* Imita a este pobre imbécil de tu pintura.

(Ríen las dos voces.)

MUJER.—*(Su voz, entre risas.)* Confiesa que lo deseas...

(Con los ojos cerrados y el rostro contraído, GOYA asiente, y asiente...)

OTRA MUJER.—Date ese gusto, ya que ella te abandona.

MUJER.—*(Su voz.)* No nos reiremos.

(GOYA se levantó. Dedica una extraviada mirada a Las fisgonas *y se encamina hacia la izquierda. Cuando va a salir, oye la voz de* MARIQUITA.*)*

MARIQUITA.—*(Su voz.)* Aún no es viejo, don Francho. ¿Buscará el botón o se encerrará para... recordar? *(GOYA titubea.)* Si estuviese en el estuche de las alhajas, ¿creería en mí?

LAS DOS MUJERES.—*(Sus voces.)* Estás solo.

(GOYA sale. Larga pausa, durante la cual la pintura del centro se muda en Las Parcas. *Comienza a oírse por la derecha el jadeo de una persona que sube con trabajo la escalera. Al llegar a la planta se detiene, cobra aliento y entra. Es* LEOCADIA. *Desgreñada, desmejorada por los rudos trajines a que le obligó la partida de los criados, está casi fea. Un mantoncillo de paño le abriga los hombros. Trae el brasero encendido y bajo el brazo sujeta una escoba. Al no ver a* GOYA, *se sorprende un tanto. Luego suelta la escoba, que cae al suelo, para manejarse mejor y encaja el brasero en la tarima. Levanta la copa, lo badilea*

*un poco y después va a mirar con cansados
ojos por el balcón. Suspira, retrocede y recoge la escoba con un débil quejido que denun-
cia sus agujetas. Estremecida por el frío se
encamina a la izquierda para barrer; antes
atisba por la puerta y, como nada oye, comienza su desganado barrido. A los pocos
segundos su mirada se posa casualmente sobre* Las fisgonas *y deja de barrer, inquieta.
Luego mira, suspicaz, hacia la izquierda.
Torna a su trabajo, pero se advierte que
piensa con disgusto en lo que podrá estar haciendo el pintor.* GOYA *vuelve momentos después. Reaparece erguido, fulgurante la mirada y los puños cerrados en los bolsillos de la
bata; diríase que rejuvenecido. Durante unos
momentos, se miran.)*

GOYA.—*(Áspero.)* Has tardado. *(Ella inicia cansados
signos. Él la interrumpe con un seco ademán.)* ¡Ya sé!
Comprar leña, dar el pienso a los caballos... (LEOCADIA
reanuda el barrido. GOYA *avanza, mirándola con ira.)*
¡No quiero miradicas de mártir! ¡Vendrán criados! *(Ella
deniega levemente.)* ¡Los traerá la Gumersinda! *(Ella
deja de barrer y dibuja un mohín despectivo. Él va al
balcón, saca las manos de los bolsillos y se las refriega,
buscando palabras. Ella advierte su tensión y lo mira,
inquieta.)* ¿No ha venido el cartero? *(Se vuelve a mirarla. Ella abre los brazos, en evidente negativa.* GOYA *pregunta con suavidad.)* Y ayer por la tarde, ¿no vino nadie? *(Después de un momento, ella deniega.* GOYA *da
unos pasos rápidos hacia la mujer y se detiene.* LEOCA-
DIA *retrocede, alarmada por su expresión. Él desvía la
vista, se sienta en el sofá y extiende las manos al calor
del brasero. Mirándolo a hurtadillas, ella reanuda el barrido. La voz de* GOYA *la turba súbitamente.)* Ven acá.
(Mirándolo con aprensión, LEOCADIA *abandona en un
rincón la escoba y se acerca.* GOYA *la ha hablado sin mi-*

rarla y vuelve a hablar con los ojos clavados en el bra-
sero.) ¿Sigues teniendo miedo? *(Ella asiente, expectante.*
Él la mira.) ¿Eh? *(Ella vuelve a asentir.)* Yo diría que
no. *(Ella vacila, desconcertada.)* Ya no hablas de abandonar la casa... *(LEOCADIA menea la cabeza cansada-*
mente, expresando la inutilidad de discutir, y se vuelve
para alejarse.) ¡Espera! *(Ella se detiene, temblorosa y se*
vuelve.) ¿Por qué has perdido el miedo? *(Ella no acierta*
a responder.) ¿No es singular? [De repente, tan conforme con seguir entre estas paredes.] La amazona intré-
pida, la coqueta que sueña con Francia, trabaja como
una bestia, [se empuerca en la cocina] y no tiene tiempo
ni de atusarse. Pero no se queja... *(Breve pausa. LEOCA-*
DIA *se sienta junto al pintor, pendiente de sus palabras.)*
Y ya no hay cruces en la puerta, ni pedrisco en los vidrios... Pero yo no he pactado con nadie. *(Muy suave.)*
¿Lo has hecho tú? (LEOCADIA *baja la vista. Su alterada*
respiración le levanta el pecho.) ¿No contestas? *(Ella*
desliza su mano y toma la de él sobre el sofá.) ¿Ésta es
tu respuesta? (LEOCADIA *levanta la mano de* GOYA *y es-*
tampa en su palma un largo beso.) ¿Qué pretendes?
(LEOCADIA *lleva la mano del pintor a su mejilla y traza*
signos. GOYA *sonríe, maligno.)* ¿Has dicho que me quieres? *(Ella afirma, acariciando y besando la mano varo-*
nil.) Pues responde a mi pregunta. *(Ella hace un gesto de*
desesperación. Se estrecha contra él, traza signos...) ¿Y
qué hago desde hace años, sino ampararte?

(LEOCADIA *se abraza a él, llorosa.)*

LEOCADIA.—(Síguelo haciendo... Tienes que comprender...) *(Lo besa. Afectuosos besos en la mejilla, que se*
tornan bruscamente ardorosos. Abrazada al anciano, le
llena de lágrimas el rostro, le besa en la boca. Su cuerpo
se desliza para sentarse sobre las rodillas masculinas.
Nerviosa, aferra una de las manos de GOYA *y la pasea*
sobre su propio cuerpo. Su tronco se vence y arrastra
con él al del hombre... Repeliéndola con fuerza, GOYA *se*

levanta. Ella tiende los brazos suplicantes. Después los
baja y queda inmóvil.) (Sálvame...)

GOYA.—Ramera. *(Ella deniega, llorando.* GOYA *busca*
en su bolsillo y saca un botón de metal, que enseña. Con
ojos de alimaña acosada, ella se sobresalta y casi grita.
GOYA *hace un ademán afirmativo, va a la mesa y deja*
en ella el botón.) Así está mejor. Sin careta. El botón
que le falta a la casaca de ese rufián lo guardabas tú
como otra alhaja.

> *(Con la cabeza humillada, ella deniega casi*
> *imperceptiblemente. Al tiempo, se oye en el*
> *aire la propia voz de* LEOCADIA, *que inquieta*
> *un momento a* GOYA.)

LEOCADIA.—*(Su voz.)* ¡Tómame!
GOYA.—Buen mozo, ¿eh? Guapico, recio... [Temblabas
de pánico,] todo te faltaba y, de pronto, todo lo logras.
El garañón que apeteces y la seguridad de esta casa. En
pago, tu carne. Pero la das a gusto.

> *(Ella niega con los labios apretados. Vuelve*
> *a oírse su voz en el aire.)*

LEOCADIA.—*(Su voz.)* Hazme tuya...
GOYA.—¡No te atrevas a negar! ¡Ni a intentar conmigo la farsa del amor! Eso no te lo perdono. Te brinda-
bas a mí como a un viejo sucio mientras pensabas en
el otro.
> *(Ella deniega, crispada, al tiempo que se oye*
> *en el aire su voz.)*

LEOCADIA.—*(Su voz.)* Eres un viejo sucio...
GOYA.—*(Enardecido por las burlas de su mente, que*
ella ignora.) ¡Lo tienes clavado en la frente desde que
te revolcaste ayer con él, aquí mismo!

> *(Negando y con las manos enlazadas en sú-*
> *plica, se hinca ella de rodillas. Pero su voz*
> *se oye en el aire.)*

LEOCADIA.—*(Su voz.)* ¡Tienes setenta y seis años!

(GOYA *enrojece y se abalanza hacia ella con las manos engarfiadas.*)

GOYA.—¡Zorra asquerosa! *(Le aferra el cuello. Ella logra zafarse, levantándose espantada y retrocediendo. Las facciones del pintor se contraen; pugna por no llorar. Se vuelve y murmura muy bajo.)* Setenta y seis años... *(Con los ojos muy abiertos, LEOCADIA bordea el brasero para enfrentársele de lejos, e inicia tímidos signos alfabéticos que él no quiere ver. Ella acorta la distancia.)* Déjame solo. *(Ella se detiene y luego torna a acercarse despacio. Él la mira con odio y tristeza.)* ¡Vete! *(Ella deniega y comienza su patética pantomima. Señala al exterior —al amante que se le atribuye— y a sí misma; junta sus dos índices y niega con la cabeza. Los besa luego en cruz y levanta la diestra en ademán de jurar.)* Ahórrame tus embustes. *(LEOCADIA torna a besar la cruz de sus dedos y a negar con vehemencia. Corre a la mesa, toma el botón de metal y se lo muestra. GOYA la mira con fijeza. Ella señala al suelo —la casa— y deniega. Luego señala al exterior. La voz de GOYA suena terrible.)* ¡No te lo encontraste en el polvo del camino! ¡Te lo dio él! *(Ella afirma, enérgica.)* ¿Entonces?

(LEOCADIA *suspira, disponiéndose a proseguir, y repite, señalando al suelo, que no, señalando luego al exterior y esbozando en el aire la forma de un puente.*)

LEOCADIA.—(El puente.)

GOYA.—¿Te lo dio en el puente? *(Ella asiente.)* ¿Te acompañaba? *(Bajando la cabeza, ella asiente.)* [Y no es la primera vez, porque te galantea. *(Ella asiente débilmente.)*] GOYA *arrebata el botón de su mano y lo exhibe.)* ¡Y aceptas su regalo! *(Arrebolada, LEOCADIA traza breves signos. Pausa. GOYA deja el botón en la mesa.)*

¿Por temor? *(Ella asiente. Él la aferra de improviso.)* ¿Y por qué no lo arrojaste al río?

LEOCADIA.—*(Sacude su brazo dolorido.)* (¡Me haces daño!)

GOYA.—*(La suelta con violencia.)* ¡Patrañas!

LEOCADIA.—*(Deniega y señala al exterior.)* (Él...) *(Se señala a sí misma.)* (A mí...) *(Su mano describe volutas que salen de su boca.)* (Ha dicho...) *(Su dedo señala al exterior y dibuja un trayecto hasta la casa.)* (Que vendrá...) *(Señala al suelo.)* (Aquí...) *(Vago ademán.)* (Un día...) *(Señala a la mesa y mima la acción de tomar una cosa.)* (A tomar el botón.)

GOYA.—¿Que vendrá un día a que se lo devuelvas? *(Ella asiente, atribulada.)* Mientes.

> *(Pero su voz denota duda. Ella se pone una mano sobre el corazón y alza la otra.)*

LEOCADIA.—(Te lo juro por mis hijos.)

> *(GOYA la mira, indeciso. Agotada, ella va a sentarse junto al brasero. Antes de que llegue se oye en el aire la voz de GOYA.)*

GOYA.—*(Su voz.)* «¡Quién lo creyera!»

> *(Breve pausa. Un suave maullido se oye. GOYA se recuesta en la mesa, mirando a LEOCADIA. Ella le envía de soslayo una enigmática mirada e inclina la cabeza. Permanece en silencio, mas su voz se oye en el aire, a ráfagas sonoras, que a veces casi se pierden.)*

LEOCADIA.—*(Su voz.)* ¿No crees a tu Judith? ¿A tu Judas?... Acabaré contigo. Judith tomará el cuchillo mientras maúllan los gatos y el murciélago revolotea y se bebe tu sangre y Judas te besa y Judith te besa y te hunde la hoja y grita que la quisiste estrangular y que tuvo que defenderse. Teme a Judith, teme al rey, el rey es el patíbulo y Judith es el infierno...

[GOYA.—*(Se oprime un oído y habla para sí.)* ¿Cómo saber?...

> (LEOCADIA *lo mira un segundo, levanta la copa del brasero y badilea con prosaica melancolía. Pero su voz vuelve por los aires.*)

LEOCADIA.—*(Su voz.)* Tántalo, ya nunca me tendrás. Tus garras decrépitas no estrujarán mis senos, tus encías no mojarán mis hombros. Otros dientes me esperan, otros brazos dorados. Te degollaremos en la tiniebla y ésta será la casa del cartelón del crimen. Beberás hiel entre maullidos, arderán tus canas bajo la corona de irrisión...]

> (GOYA *se ha ido acercando; la toma del cabello y le vuelve la cabeza para mirarlu a los ojos con sus ojos de obseso.*)

GOYA.—¿Cómo saber?

> (*Mientras ella lo mira con la boca apretada, su voz vibra en el aire, despertando tenues ecos.*)

LEOCADIA.—*(Su voz.)* Mortaja de fuego te envuelve, se vuelve, de hielo. Me verás cruzar riendo a la grupa del caballo, desde tu sudario... de hielo. Mi estela... se pierde... Te muerde... las venas... resecas... hasta tu esqueleto... de hielo... *(Segundos antes, LEOCADIA desvió la vista escuchando algo y ahora señala a la derecha.)* (Llaman...) *(Para sacar al pintor de su abstracción, le toca un brazo.)* (¡Llaman!)

> (GOYA *vuelve despacio de su delirio.*)

GOYA.—¿Llaman? *(Ella asiente. Él indica que aguarde y va a mirar por el balcón invisible. LEOCADIA se levanta, expectante.)* El doctor Arrieta.

> (LEOCADIA *sale por la derecha.* GOYA *se abstrae ante el balcón.*)

MARIQUITA.—*(Su voz, muy leve.)* Un botón no es un presente de la calle, sino de la alcoba. *(Sin moverse,* GOYA *cierra los ojos.)* Búsqueme, no es viejo para mí. Los padres no son viejos para sus hijos, y Asmodea tiene mil años... Le llevaré de la mano, niño mío, y ya no volverá.

GOYA.—*(Musita, sombrío.)* Ya no volveré. *(Se vuelve despacio. Entran por la derecha* LEOCADIA *y* ARRIETA.) Don Eugenio, tome asiento. Consuela que los amigos se acuerden de uno. *(*ARRIETA *esboza un ademán afable y se encamina al brasero trazando signos.* GOYA *mira a* LEOCADIA.) Sí... Ayer salí a pasear por los cerros. *(*ARRIETA *traza signos al sentarse.)* No hay cuidado. ¡Nos han dejado en paz! *(*ARRIETA *hace un gesto de duda; parece fatigado.)* Leo, trae el cariñena. ¡Aunque proteste el doctor! *(El doctor no protesta y* GOYA *lo observa, intrigado.* LEOCADIA *sale por la izquierda. El pintor se sienta al amor del brasero y tiende las manos.)* ¿Está enfermo? No trae buena cara. *(*ARRIETA *deniega blandamente.)* ¿Sucede algo? *(*ARRIETA *responde con un vago ademán y traza signos.)* Gracias. Yo estoy bien. *(*ARRIETA *traza signos.)* Tristezas... Cosas mías. *(*ARRIETA *traza signos.)* También por Zapater. Sigo sin carta suya. *(Breve pausa. El doctor le señala, señala a su oído y, con vagos ademanes circulares, al aire.* GOYA *tarda en responder.)* Alguna vocecica... de tarde en tarde. No hago caso. *(*ARRIETA *traza breves signos.)* En los cerros, ¿qué?

> *(*ARRIETA *se señala un ojo y describe con la mano desplazamientos de voladores.* LEOCADIA *entra con la bandeja, la jarra y dos copas servidas. El doctor se levanta.* LEOCADIA *ofrece las copas y ellos las toman.)*

ARRIETA.—(Gracias, señora.)
LEOCADIA.—*(Mientras va a dejar la bandeja sobre la mesa.)* (Le dejo con él, doctor. Aún he de aviar la comida. ¿Me disculpa?)

ARRIETA.—(Es usted muy dueña.)

(GOYA *los ve hablar con la irremediable sus-
picacia del sordo.* LEOCADIA *recoge al pasar
la escoba y la muestra a* ARRIETA.)

LEOCADIA.—(No pude terminar de barrer... No vienen
criados.)

(ARRIETA *se inclina y ella sale por la derecha. El doctor vuelve a sentarse. Un silencio.*)

GOYA.—(*Lo mira de reojo y se decide a hablar.*) No
he vuelto a divisar hombres-pájaros, si es lo que preguntaba. (*Aquiescencia de* ARRIETA.) Y usted, don Eugenio,
¿qué ha visto? (*Triste encogimiento de hombros del doctor.*) Cuerdas de presos, insultos de la canalla, acaso
muertos por las cunetas... (ARRIETA *baja la vista.*) Los
hombres son fieras. Y otra cosa que no sabría decir...
Otra cosa... que noto desde que perdí el oído. Porque
entré en otro mundo. En el otro mundo. (*Ante la muda
curiosidad de* ARRIETA.) Sí... Las gentes ríen, gesticulan,
me hablan... Yo las veo muertas. Y me pregunto si no
soy yo el muerto, asistiendo al correr de los bichos en
la gusanera... Yo amaba la vida. Las merendolas en la
pradera, los juegos, las canciones, las mocicas... Llegó
la sordera y comprendí que la vida es muerte... Una figurita de duquesa ríe y se cimbrea en el silencio. Es un
autómata... Abrazada a mí, dice cosas que ignoro y yo
le digo ternezas que sólo oigo dentro de mi cráneo. La
miro a los ojos y pienso que tampoco me oye... En la
guerra he visto gritar, llorar ante la sangre y las mutila-
ciones... Era lo mismo. Autómatas. Las bombas estalla-
ban y yo sólo imaginaba una gran risa... Por eso quiero
tanto a la gente; porque nunca logro entregarme del
todo, ni que los demás se me entreguen. Los quiero porque no puedo quererlos. He olvidado la voz de mi Paco.
No conozco la voz de mi Marianito, ni la de mi Mariquita. Nunca oí la voz de Leocadia. Moriré... imaginán-

dolas. ¡Qué sé yo lo que es esa mujer! *(Baja la voz.)*
¡Qué sé yo lo que es usted!... Fantasmas. ¿Hablo realmente con alguien? *(Movimiento de* ARRIETA.) Ya sé.
El fantasma de Arrieta me va a decir que estoy sordo.
Pero toda esa extrañeza... ha de significar algo más.
*(*ARRIETA *asiente.)* ¿Sí? ¿Es algo más? *(*ARRIETA *afirma
con fuerza.)* ¿El qué? *(*ARRIETA *traza signos.* GOYA *piensa un momento.)* ¿Sordos todos? *(*ARRIETA *asiente.)* No
le comprendo... *(*ARRIETA *va a accionar.* GOYA *lo detiene con un ademán.)* Sí. Sí le comprendo. Pobres de nosotros. *(*ARRIETA *suspira.)* [Y la familia no es un con-
suelo, pues también se nos va... Murió mi Pepa, otros
hijos se me murieron... Y si medran, es peor. *(Sorpresa
de* ARRIETA.) ¡No estoy ciego! Mi Paco es un pisaverde
con la cabeza llena de viento. Soñamos que se volverán
dioses al crecer, y se vuelven majaderos o bribones. Mi
Paco es... un recuerdo. Un niñico hermoso, con un piar
que me alegraba las entrañas y al que yo, hace muchos
años..., ¡Dios mío, cuántos ya!..., enseñaba a dar sus primeros pasos... Ese niño se ha muerto. Quizá Mariquita
se vuelta tonta y agria, si no me la matan antes en otra
guerra. Va a ser una gran pintora, pero ¿qué es eso?
Nada. Bien lo sé.] *(Está llorando.* ARRIETA *le pone una
mano sobre la suya.* GOYA *lanza una desgarradora queja.)* ¿Para qué vivimos? *(*ARRIETA *le muestra los muros
con un ademán circular.)* ¿Para pintar así? Estas paredes rezuman miedo. *(Sorpresa de* ARRIETA.) ¡Miedo, sí!
Y no puede ser bueno un arte que nace del miedo.
*(*ARRIETA *afirma.)* ¿Sí? *(*ARRIETA *traza signos.)* ¿Contra
el miedo?... *(*ARRIETA *asiente.)* ¿Y quién vence en estas
pinturas, el valor o el miedo? *(Indecisión de* ARRIETA.)
Yo gocé pintando formas bellas, y éstas son larvas. Me
bebí todos los colores del mundo y en estos muros las
tinieblas se beben el color. Amé la razón, y pinto brujas... Son pinturas podridas... *(Se levanta y pasea.*
[ARRIETA *traza signos.)* Sí. En *Asmodea* hay una esperanza, pero tan frágil... Es un sueño. *(Compadecido,
el doctor forma nuevos signos.* GOYA *sonríe con tris-*

teza.) Quizá los hombres-pájaros sólo eran pájaros. Otro sueño.] (ARRIETA *baja la cabeza.* GOYA *señala al fondo.)* Mire *Las Parcas.* Y un gran brujo que ríe entre ellas. Pues alguien se ríe. Es demasiado espantoso todo para que no haya una gran risa... Este muñeco que sostiene una de ellas soy yo. He vivido, he pintado... Tanto da. Cortarán el hilo y el brujo reirá viendo el pingajo de carne que se llamó Goya. ¡Pero yo lo preví! Ahí está. (ARRIETA *traza signos.)* ¿Para qué irse de España? No suplicaré a un felón. ¡Pintaré mi miedo, pero mi miedo no me azotará en las nalgas! *(Atrapa su copa, que había dejado sobre la tarima, y la apura de un trago.)* ¿Nos emborrachamos, don Eugenio? (ARRIETA *deniega, triste. Impulsivo,* GOYA *le oprime un hombro.)* Perdóneme. Le he contristado.

ARRIETA.—*(Deniega y traza signos.)* (Penas mías.)

GOYA.—¡Ahóguelas en vino! *(Va a tomar la copa del doctor, pero* ARRIETA *lo detiene con las facciones alteradas.* GOYA *lo mira, intrigado. Se acerca a la mesa y se sirve vino, observando de reojo a su amigo.)* Desde que entró le noto apesarado. (ARRIETA *lo mira y desvía la vista.* GOYA *bebe un sorbo.)* Usted guarda malas noticias... No me las oculte. (ARRIETA *deniega y traza signos...* GOYA, *que lo miraba muy atento, bebe su copa de golpe y la deja con ira sobre la mesa.)* ¿A usted? *(Avanza hacia el doctor.* ARRIETA *asiente, con los ojos mortecinos.)* ¿Cuándo le han puesto la cruz? (*Signos de* ARRIETA.) ¿Por qué ha venido? ¡Debió esconderse! (*Signos de* ARRIETA.) ¡Yo estoy como un roble! *(Signos de* ARRIETA.) Pero usted es un médico. *(Se acerca por detrás y le oprime los hombros.)* Y un amigo. *(Breve pausa.)* Un buen médico. Un buen pintor. Cruces en sus puertas. Pobre España. (ARRIETA *se levanta y pasea, apesadumbrado.)* ¿No habrá entre sus pacientes alguien poderoso a quien recurrir? (ARRIETA *señala su frente, indicando que lo piensa.)* Si no halla algo mejor, véngase a esta casa. (ARRIETA *sonríe, le señala y traza una cruz en el*

aire.) ¡La de mi puerta me crucifica a mí, no a usted!
Viviendo aquí correría menos peligro. ¡Podría pasar con
nosotros la Nochebuena! Sacudiríamos penas y luego...
se quedaba usted. *(Tímido.)* Estaríamos los dos menos
solos... (ARRIETA *le indica que calle y señala hacia la
derecha.*) ¿Ha sonado la campanilla? (ARRIETA *asiente.*
GOYA *corre al balcón.*) ¡El cartero! ¡Al fin llegó! *(Mira
a* ARRIETA. *Comienzan a oírse latidos de corazón, que
se sostienen durante la escena siguiente.* ARRIETA *se vuelve hacia la puerta. Momentos después aparece en ella*
LEOCADIA *con una carta en la mano.* GOYA *avanza hacia ella.*) Dámela. (LEOCADIA *le tiende la carta. El pintor
lee las señas.*) La letra de Martín Zapater. (Las Parcas
se truecan lentamente en el Aquelarre. *Con la carta ce-
rrada entre sus manos,* GOYA *medita.*) Si no la abriera...
(LEOCADIA *y el doctor se miran, sorprendidos.*) Como si
no la hubiese recibido.

LEOCADIA.—*(Después de un momento, con expresivo
ademán.)* (¿La abro yo?)

GOYA.—[¿Crees que no me atrevo? No. Estoy pensando que, si es mejor no saber cuándo nos vamos a morir,
¿por qué no ignorar cuanto nos aguarda? Las cartas se
podrían rasgar sin abrirse... Pues tantas veces lo que nos
anuncian no se cumple, sea malo o bueno... (ARRIETA
tiende la mano hacia la carta. GOYA *lo mira.*) Podría
romper ésta sin leerla.] No por miedo, sino contra el
miedo. *(Se ríe.* ARRIETA *da un paso hacia él, inquieto.)*
Tonto de mí. Estoy atrapado y he de jugar el juego hasta el final. *(Va a la mesa, se cala sus gafas y abre la carta. Después de leerla eleva la vista, abstraído.)* Don Eugenio, vuelva a Madrid y busque amigos! Yo mantengo
mi oferta.

> *(Deja las gafas en la mesa, se mete el papel
> en un bolsillo y se encamina despacio hacia
> el fondo. Al pasar junto a* LEOCADIA, *ésta
> lo detiene.)*

LEOCADIA.—*(Con expresivo gesto.)* (¿Qué te dice?)

GOYA.—¿La carta?... Martinillo está inquicto. Lleva más de un mes sin noticias mías. *(Sigue su camino y toma paleta y pinceles. LEOCADIA no disimula su pavor. ARRIETA baja la cabeza.)* Mi carta fue interceptada. Si hay Libro Verde, en él estaré. El déspota piensa en mí.

(LEOCADIA estalla en inaudibles gemidos y se derrumba sobre un asiento. ARRIETA corre a su lado para calmarla. GOYA mira un instante sus aspavientos desde la isla de su sordera y se aplica a pintar en la figurita femenina del manguito. La luz baja hasta la oscuridad total; los latidos se amortiguan y callan poco después. Vuelve la luz al primer término. Sentados a la izquierda, el padre DUASO y el doctor ARRIETA se miran. El resto de la escena, oscuro.)

DUASO.—Mañana es Nochebuena. Prometí a don Francisco visitarle hoy. Iré después de las ocho. ¿Quiere acompañarme, doctor Arrieta?

[ARRIETA.—*(Leve inclinación.)* Ahora mismo, si lo prefiere. Podemos hablar por el camino.

DUASO.—*(Saca su reloj y lo mira.)* Lo siento. No puedo ir antes de las ocho.]

ARRIETA.—*(Saca su reloj.)* [Son las seis y media.] Quizá sea mejor que hablemos después, si ahora le aguardan otras obligaciones.

DUASO.—*(Sonríe.)* Dispongo de todo mi tiempo.

ARRIETA.—*(Sonríe, perplejo.)* Entonces... Podríamos hablar mientras llegamos, [si salimos ahora. El camino es largo y a las ocho ya habrá oscurecido.]

DUASO.—*(Después de un momento.)* Aquí platicaremos mejor. (ARRIETA *enarca las cejas; no comprende.*) ¿Le sucede algo a nuestro amigo?

[ARRIETA.—Sí.

DUASO.—¿Es él quien le envía?

ARRIETA.—No.

DUASO.—Le escucho.]

ARRIETA.—Padre Duaso, sé que puedo confiar en usted...

DUASO.—No lo dude.

ARRIETA.—Nuestro amigo debe esconderse.

DUASO.—¿Qué ha sucedido?

ARRIETA.—Una carta suya a Martín Zapater ha sido interceptada. Y en ella injuriaba al rey.

(DUASO *se yergue, sorprendido.*)

DUASO.—¿Cómo sabe que la interceptaron?

ARRIETA.—Martín Zapater no la ha recibido.

DUASO.—¿Cuándo la mandó Goya?

ARRIETA.—Hace veintidós días.

DUASO.—*(Se sobresalta.)* ¿Veintidós días? *(Sus dedos esbozan leves cálculos.)* ¿No se engaña?

ARRIETA.—No.

DUASO.—*(Nervioso, después de cavilar.)* Goya debe suplicar perdón a Su Majestad sin tardanza. Yo le acompañaré.

[ARRIETA.—*(Denegando.)* No es seguro que lo alcanzase, aunque lo pidiese.

DUASO.—Si Su Majestad no le ha castigado todavía por esa carta, quizá no desea castigar...]

ARRIETA.—Padre Duaso, no hay memoria de que el rey haya perdonado una ofensa. Yo le ruego que hoy mismo persuada a Goya de que se oculte.

DUASO.—¿Dónde?

ARRIETA.—*(Vacila.)* Dudo de que su hijo y su nuera quisieran acogerlo... [Y allí es donde primero lo buscarían.]

DUASO.—¿Y [en la casa de] algún amigo?...

ARRIETA.—[El rey sólo quiere vasallos que recelen y teman. Y lo está logrando. Tanto, que] a don Francisco le quedan sólo dos amigos.

DUASO.—¿Usted y yo?

ARRIETA.—Así es. Y yo no puedo ofrecerle asilo porque, como quizá usted sepa..., también en mi puerta han pintado una cruz.

EL SUEÑO DE LA RAZÓN

Duaso.—*(Seco.)* Lo ignoraba. ¿Me cree capaz de tomar parte en esas miserias?

Arrieta.—Sólo quise decir que usted podía saberlo, como sabe de otras.

Duaso.—Entonces, ¿también usted corre peligro?

Arrieta.—*(Se encoge de hombros.)* ¿Quién no?

Duaso.—¿Y ha venido a pedir por... Goya?

Arrieta.—Usted es amigo y paisano de Goya, no mío.

[Duaso.—*(Después de un momento.)* Usted es un buen médico y apenas se ha significado... Esa cruz es un exceso del fanatismo. Indagaré quiénes la han pintado y buscaré remedio. Si le sucede algo entretanto no vacile en invocar mi nombre.

Arrieta.—Se lo agradezco de corazón, padre Duaso.

Duaso.—En cuanto a Goya... Es singular. Hace días que pienso en brindarle esta casa... si no lograba que visitase al rey y si él no me lo pedía.

Arrieta.—No hará ninguna de las dos cosas. Ofrézcaselo hoy sin que lo pida.]

Duaso.—*(Sonríe.)* Salvaremos a Goya. Le protegeré a usted. Y confío en que todo ello... le fuerce a reconocer que no somos tan feroces como afirman los liberales...

Arrieta.—Ciertamente usted no lo es.

[Duaso.—Ni muchos otros, amigo Arrieta; sea más generoso. *(Gesto escéptico de* Arrieta.) Doctor, usted creo que sirvo a una causa cruel y que un cristiano no debería hacerlo. Pero me juzga mal, porque olvida la caridad. Gracias a Dios nunca faltan personas compasivas; tampoco cuando ustedes gobernaban. Endulcemos dolores y callemos ante otras torpezas, puesto que no podemos hacer más.

Arrieta.—¿Y si se pudiera hacer más?

Duaso.—Ésa es la ilusión progresista, hijo mío... Yo no la comparto. El hombre siempre será pecador, y en nuestra mano sólo está evitarle algunas ocasiones de pecado... Soy censor de publicaciones por eso.

Arrieta.—Padre Duaso, yo soy médico y quiero que la gente viva sana y feliz. Bendigo al Cielo porque siempre hay hombres buenos que ayudan al perseguido. Cristo lo aprobaría, pero no habría callado ante otras infamias.

DUASO.—Era fuerte porque era Dios. Nosotros somos débiles... Doctor Arrieta, yo estoy contento por lo que voy a hacer. ¿No me favorecerá con su afecto por esas ayudas, aunque provengan de un hombre débil?]

[ARRIETA.—Y con mi eterna gratitud, padre Duaso...] Pido al Cielo que [usted] no llegue a ser otra víctima.

DUASO.—*(Frío.)* No le entiendo.

ARRIETA.—*(Grave.)* Conozco bien los excesos del fanatismo. También sufrimos los del nuestro en el trienio liberal. Hoy nos dicen masones a los vencidos; mañana se lo dirán a las gentes como usted.

DUASO.—*(Altivo.)* ¿Quiénes?

ARRIETA.—Los más fanáticos. Pelearán contra ustedes y tal vez contra el mismo rey...

DUASO.—¿Qué dice, hijo?

ARRIETA.—Lo preveo. El rey fundará Escuelas de Tauromaquia y cerrará Universidades. Mas quizá no le valga y le llamen masón los exaltados. Hay un tumor tremendo en nuestro país y todos queremos ser cirujanos implacables. La sangre ha corrido y tornará a correr, pero el tumor no cura. Me pregunto si algún día vendrán médicos que lo curen, o si los sanguinarios cirujanos seguirán haciéndonos pedazos.

DUASO.—*(Suspira.)* [Su pregunta equivale a mi afirmación...] El hombre es pecador. Seamos, pues, humildes y salvemos a Goya.

ARRIETA.—Usted lo salvará. Pero yo no estaré contento.

DUASO.—¿Por qué no?

ARRIETA.—Para que viva Goya acaso destruyamos a Goya.

DUASO.—Explíquese.

ARRIETA.—Bajo la amenaza del hombre a quien ha insultado, Goya vive a caballo entre el terror y la insania. Y en ese extraño forcejeo de su alma, yo, un hombre mediocre, estimulo el terror de un titán para que deje de serlo.

DUASO.—Por su salud.

ARRIETA.—Y por su vida. ¡Porque soy médico! Y además, ya no es un gran pintor, sino un viejo que emborrona paredes. [Yo quiero que su miedo le salve, para que viva tranquilo sus últimos días como un abuelo que babea con sus nietecitos.]

DUASO.—Entonces...

ARRIETA.—¡Eso quiero creer, pero no estoy cierto! ¿Y si esos adefesios que pinta en los muros fueran grandes obras? ¿Y si la locura fuera su fuerza? [¿No querré que un gigante se vuelva un pigmeo porque yo soy un pigmeo?]

DUASO.—Usted cumple con su deber, como yo con el mío.

ARRIETA.—*(Lo mira intensamente.)* Si yo fuera usted, padre Duaso, tampoco estaría tranquilo.

DUASO.—¿Cómo?

ARRIETA.—Yo elegí vivir en la vergüenza y por eso elegí el silencio. Voy a romperlo con usted porque me consta su hombría de bien... y porque ya estoy marcado.

DUASO.—*(Frío.)* Pondere sus palabras, hijo mío.

ARRIETA.—Supongamos, padre Duaso..., no es más que una suposición..., que Su Majestad vacilase en dar la campanada de ejecutar a don Francisco. Es un maestro afamado, no se distinguió en la política...

DUASO.—Ello demostraría que don Fernando no carece de benignidad.

ARRIETA.—O de cautela. Y supongamos que, sin decidirse a una sanción tan sonada, quisiera el rey vengarse de su pintor... *(Gesto de disgusto de* DUASO *por el verbo, que* ARRIETA *desdeña.)* Que el altivo Goya le suplique gracia entre lágrimas y se retracte como el pobre Riego complacería de momento a Su Majestad... Otro hombre, diría, que deja de serlo.

DUASO.—Doctor Arrieta, no puedo permitirle...

ARRIETA.—*(Tajante.)* Entonces me callo.

(Pausa.)

DUASO.—Perdone. Continúe.

ARRIETA.—Gracias... Pienso que al no asomar Goya
por Palacio, no le sería difícil al rey enviar a un hombre que se lo sugiera. (DUASO *se inmuta*.) Entiéndame,
padre; un hombre deseoso de ayudar a un amigo que,
sin advertirlo, colabora en el propósito regio: que el
aragonés díscolo y entero se vuelva una piltrafa temblorosa.

DUASO.—¡Usted se contradice!

ARRIETA.—¡No! Si Goya accede, demostrará que teme;
si no accede, temerá.

DUASO.—¡No interpreta bien los hechos!

ARRIETA.—¿Conocía usted la existencia de esa carta
de Goya?

DUASO.—¡Dios es testigo de que no!

ARRIETA.—Le creo. ¿Me equivoco igualmente si pienso que el rey le ha hablado a usted de Goya?

DUASO.—*(Titubea.)* No voy a contestar a más preguntas.

ARRIETA.—Toléreme todavía unas palabras. Me ha
llegado un rumor que confirma la bondad de su corazón,
padre Duaso.

DUASO.—¿Qué rumor?

ARRIETA.—Que usted oculta ya, en esta casa, a algunos paisanos suyos en peligro.

DUASO.—¿Se dice eso?

ARRIETA.—Es la triste gaceta de los vencidos, susu-
rrada entre gente segura. No quiero saber si ese rumor
es cierto; si Goya viene a su casa, lo será. Pero usted
es un sacerdote leal al trono... Es increíble que el padre
Duaso acoja a nadie, hoy o mañana, sin contar de an-
temano con la tolerancia regia. ¿O yerro?

DUASO.—*(Después de un momento.)* Por caridad, ahó-
rreme sus preguntas.

ARRIETA.—No volveré a preguntar. Le expondré, tan sólo, mi peor sospecha... Usted prometió visitar hoy a nuestro amigo. Yo no le pregunto por qué después de las ocho y de ningún modo antes... (DUASO *lo mira con creciente desasosiego.*) Pero dudo de si no estaremos cometiendo un error irreparable... al no apresurar la visita a Goya sin aguardar a que den las ocho. (DUASO *saca su reloj y medita, nervioso.*) Pero si usted no *debe* ir antes de esa hora... (*Aún con el reloj en la mano,* DUASO *se levanta y mira a* ARRIETA; *el temor invade su faz.* ARRIETA *se levanta también.*) Padre Duaso, si usted hubiera sido peón de algún juego, no olvide que puede haber otros peones.

> (*Muy afectado y caviloso,* DUASO *deniega para sí con brusquedad, como quien se advierte caído en una trampa inesperada.*)

DUASO.—Nadie va a jugar con el padre Duaso. A buen trote podemos llegar a la quinta a las siete y media. Tomemos mi coche. (*Guarda su reloj y, de nuevo sereno, se encamina a la derecha.*) [Sígame, doctor.] (ARRIETA *lo acompaña y la luz los sigue.* DUASO *se detiene antes de salir.*) Esas pinturas de la quinta... ¿son realmente malas?

ARRIETA.—No creo que sean buenas.

DUASO.—¿Por qué no?

ARRIETA.—Él mismo dio la respuesta en uno de sus grabados... «El sueño de la razón produce monstruos.»

DUASO.—¿Siempre?

ARRIETA.—Tal vez no siempre..., si la razón no duerme del todo.

DUASO.—(*Suspira.*) *Abyssus abyssum invocat...*

> (*Sale, seguido de* ARRIETA. *La escena se ilumina lentamente. Los asientos que ocuparon* ARRIETA *y* DUASO *han desaparecido. Bajo las luces del velón, de bruces sobre el extremo*

*derecho de la mesa y en la misma postura
que dio a su cuerpo en el aguafuerte famoso,
GOYA dormita. Una fría luz lunar entra por
el balcón. En el fondo, enormes, los* Viejos
comiendo sopas. *Durante unos instantes,
nada sucede. Se oyen después dos recios golpes dados en una puerta. El dormido se re-
bulle. A los golpes, extrañas y mortecinas
claridades invaden el aposento. Un tercer
golpe suena, y las raras luces crecen de sú-
bito. Tórnanse las del velón insignificantes
llamitas verdosas que nada alumbran. Mal
iluminada por la luz aún creciente, se advierte una insólita figura a la derecha. Es
una* DESTROZONA *de carnaval, con máscara
de viejo decrépito, cuyas orejas son grandes
alas de murciélago. Sentado en la tarima del
brasero y con un grueso libraco cerrado sobre las rodillas, mira impasible a* GOYA. *Rumor de alas gigantescas en el aire. Bajo la
mirada del enmascarado el pintor vence con
trabajo su modorra y se vuelve para mirar,
sorprendido, a la extraña presencia. Se oye
un débil maullido.)*

GOYA.—¿Quién eres? *(El fantoche no responde. Abre
su libro y da unos secos golpecitos sobre sus páginas.
Invocada por ellos asoma otra* DESTROZONA *por la izquierda. Ostenta una cabeza gatuna y dos enormes tetas
le inflan los harapos; trae en las manos un raro bozal
de alambre, con voluminoso candado en el que se inser-
ta una gruesa llave. El pintor vuelve la cabeza. Al tiempo se oyen fuera murmullos de cencerros y aflautadas
risitas, que se repiten de vez en vez.* GOYA *se oprime los
oídos.)* ¿Oigo?

(La gata DESTROZONA *se acerca a* GOYA *y se
detiene.* GOYA *mira ambas apariciones. El*

HOMBRE-MURCIÉLAGO *da otro golpecito sobre el libro y el fragor de los cencerros aumenta.* GOYA *mira a las puertas. Por ellas irrumpen, corriendo y ululando con destemplados chillidos de mascaritas, quienes reían fuera: otras dos* DESTROZONAS *con careta de cerdo que blanden gruesos martillos y de cuyos cinturones cuelgan mohosos cencerros.)*

CERDOS.—¡No me conoces! ¡No me conoces!

(Repitiendo su cantinela y entre risas se acercan a GOYA, *lo levantan por los sobacos y lo llevan al centro de la escena.)*

GOYA.—*(Forcejea.)* ¡No me toquéis!
MURCIÉLAGO.—«Nadie se conoce.»

(Otro fuerte golpe sobre una puerta. Las máscaras enmudecen.)

GOYA.—Yo sólo quiero comer sopas.

(El HOMBRE-MURCIÉLAGO *ordena silencio con un prolongado siseo y señala a la mesa.* GOYA *mira. Tras ella emerge despacio otra máscara que se sienta con suavidad en el sillón. Viste un amplio dominó negro con capucha, de la que salen fuertes cuernos de toro; el rostro es una tosca calavera.)*

CORNUDO.—*(Levanta una mano.)* En nombre del cura de Tamajón.

(Los de la cara de CERDO *levantan, entre risas, sus martillos para asestarlos contra el cráneo de* GOYA.)*

MURCIÉLAGO.—No. *(Golpea en el libro.)* Vean si tiene rabo.

GOYA.—¿Rabo?

(Intenta desasirse.)

MURCIÉLAGO.—*(Lee en el libro.)* Judíos y masones
tienen rabo. Dios Nuestro Señor les infligió ese estigma
infernal para aviso de las almas cristianas. Procédase.

*(Los de la cara de CERDO vuelven a GOYA de
espaldas.)*

GOYA.—¡No os atreváis!

*(Los de la cara de CERDO le levantan los fal-
dones y miran.)*

MURCIÉLAGO.—¿Tiene rabo?
CERDO 1.º—Muy largo.
CERDO 2.º—Peludo y grueso.
CERDO 1.º—Muy verde.
GOYA.—¡Cerdos malditos!
CERDO 2.º—Y lo mueve.
GOYA.—¡Os reventaré a coces, bandidos! ¡Os despan-
zurraré como a gusanos!...

*(El CORNUDO hizo una seña y, al tiempo que
habla GOYA, los de la cara de CERDO le dan
media vuelta. La GATA se acerca y le encaja
el bozal de alambre, cerrando el candado con
una ruidosa vuelta de llave. Aunque sus labios siguen profiriendo improperios tras el
enrejado, la voz del pintor se apaga.)*

MURCIÉLAGO.—¿Tiene algo que alegar el acusado?
CERDO 1.º—Nada.

(GOYA se debate y habla sin que se le oiga.)

CERDO 2.º—El acusado confiesa poseer rabo.
CERDOS.—Es masón y judío.
CORNUDO.—Su Majestad se digna bordar una flor.
GATA.—¡Viva el rey absolutamente absoluto!

CERDOS.—*(Al tiempo que giran con* GOYA, *canturrean.)*

> ¡Trágala, perro!
> ¡Tú, francmasón!
> ¡Tú que no quieres
> Inquisición!

(Después obligan a GOYA *a postrarse de rodillas y levantan los martillos. El* CORNUDO *se pone en pie y extiende una mano solemne.)*

CORNUDO.—Aún no.
MURCIÉLAGO.—Soltadlo.

(Los de la cara de CERDO *sueltan al pintor y se repliegan hacia las puertas.* GOYA *mira a todos, expectante.)*

GATA.—¡Miau!...
MURCIÉLAGO.—Su Majestad se digna bordar otra flor.
(El CORNUDO *se acerca a* GOYA, *que se incorpora y retrocede hacia una puerta. El cara de* CERDO *que allí le aguarda levanta el martillo y agita sus cencerros.* GOYA *intenta cruzar y el* CORNUDO *le embiste.* GOYA *esquiva la cornada, corre a la otra puerta y allí le esperan el martillo y los cencerros del otro enmascarado. Al retroceder lo roza otra embestida del* CORNUDO. *Por un momento se miran los dos, inmóviles. El* CORNUDO *embiste de nuevo y* GOYA *lo burla con dificultad; torna a embestir y derriba a* GOYA. *La* GATA, *que maulló a cada embestida, emite ahora un estridente maullido y los regocijados caras de* CERDO *cencerrean.)* Basta. *(El* CORNUDO *levanta la cabeza y permanece rígido.)* VOSOTROS.

(Los de la cara de CERDO *vanse acercando a* GOYA *con los martillos a media altura.)*

GATA.—¡Mueran los *negros*!

MURCIÉLAGO.—*(Leyendo en su libro, ganguea, aburrido.)* Por judío, masón, liberal, jacobino, insolente, impertinente, reincidente, pintor, masturbador, grabador...

GATA.—«¡Qué pico de oro!»

> *(Los de la cara de* CERDO *están junto a* GOYA, *caído y de espaldas.)*

MURCIÉLAGO.—... Te entregamos al brazo secular.

GATA.—¡Viva el rey neto y muera la nación!

CERDOS.—*(Elevan despacio los martillos y cantan con voces de sochantres.)*

> Trágala, perro...

> *(Ataviada como la Judith de la pintura y con su gran cuchillo en la mano,* LEOCADIA *aparece por la derecha.)*

LEOCADIA.—¡Quietos! *(Todos la miran.* GOYA *levanta la cabeza y se incorpora con visible temor.)* Yo seré el brazo secular. *(*GOYA *se arrodilla de frente. Ella llega a su lado y, agarrándole de los cabellos, le obliga a presentar el cuello. Cuando adelanta el cuchillo para degollarlo vuelven a oírse estrepitosos golpes contra una puerta.* LEOCADIA *se yergue, medrosa. Los ojos del pintor brillan.)* ¡Ellos!

> *(*LEOCADIA *huye por la izquierda. El* MURCIÉLAGO *cierra su libro de golpe y se levanta. La luz baja rápidamente.)*

MURCIÉLAGO.—¿Ellos? *(*GOYA *asiente con ardiente alegría. Los golpes se repiten, apremiantes. Los de la cara de* CERDO *levantan al pintor y lo sientan aprisa en la silla donde dormitaba.)* ¿Quiénes son ellos?

> *(Batir de alas gigantescas en el aire. La* GATA *se apresura a abrir el candado y libra a* GOYA *del bozal. La luz se vuelve mortecina.)*

GOYA.—¡Los voladores están llamando a todas las puertas de Madrid!

(*Lluvia de golpes sobre la puerta.*)

TODOS.—(*Menos* GOYA *y el* CORNUDO.) ¡No!

(*Y huyen, gritando y maullando, por ambas puertas. El* CORNUDO *levanta la barbilla del pintor con inesperada suavidad. Ya no hay más luz en el aposento que la de la luna y el velón.*)

CORNUDO.—Yo volveré.

(*Empuja despacio la cabeza del pintor, de tal modo que éste vuelve a caer adormilado y de bruces sobre la mesa. El* CORNUDO *se desliza sigiloso y desaparece por la izquierda. Momentos después se oyen tremendos golpes. En el fondo aparecen* Saturno, *el* Aquelarre *y* Judith. GOYA *se despabila y levanta la cabeza. Los golpes cesan en el mismo instante. Con los ojos llenos de una loca esperanza,* GOYA *se levanta.*)

GOYA.—¡Tan fuertes que yo mismo los oiría! (*Corre al invisible balcón, pero no logra distinguir nada. En su atuendo habitual,* LEOCADIA *irrumpe por la derecha, horrorizada. Llega junto a* GOYA *y tira, nerviosa, de su brazo.* GOYA *se vuelve y ella sólo acierta a señalar, con la garganta apretada, hacia la derecha. Los latidos suenan de improviso, rápidos, y continúan durante la siguiente escena. Al comenzar su son,* LEOCADIA *huye por la izquierda, desprendiéndose del anciano, que intenta retenerla.*) ¿Qué sucede? (GOYA *va hacia la derecha para mirar, cuando aparecen en la puerta cinco* VOLUNTARIOS REALISTAS. *No traen fusiles; tan sólo sus sables al cinto. Las carrilleras de sus morriones enmarcan aviesas sonrisas. El primero de ellos es un* SARGENTO *de re-*

*cios bigotes, buen mozo, de aire presuntuoso, en cuya
casaca se advierte la falta de un botón de metal. Los dos
que le siguen traen el sable desenvainado; uno de los
dos últimos porta un lío de tela que envuelve algo.* GOYA
*corre al arcón para tomar la escopeta, pero uno de los
que blanden el sable es más rápido y corre a poner la
mano sobre el arma, mientras el otro sujeta al pintor.
El* SARGENTO *avanza y se apoya en el respaldo del sofá.
Atusándose los mostachos, hace una seña. El* VOLUN-
TARIO *portador del lío de ropa lo arroja sobre el sofá y
corre con su compañero a la izquierda, por donde salen.)* ¡Sayones! *(Uno de los que sujetan a* GOYA *lo abofetea.)* ¡Os haré salpicón! ¡Os echaré los perros! *(En el
silencio poblado de latidos, todos ríen a carcajadas.
Quienes lo sujetan le traen a trompicones al primer término. El* SARGENTO *se acerca con una mordaza que sacó
del bolsillo.)* ¡Sabandijas! ¡Si volvéis a tocarme la cara...!

> *(El* SARGENTO *ahoga sus palabras metiéndole
> un trapo en la boca y luego lo amordaza,
> anudando con fuerza en el pescuezo. El pin-
> tor gruñe y se debate en vano. El* SARGENTO
> *se recuesta en la mesa, hace una seña y los
> dos sicarios arrojan al suelo al anciano,
> quien, al ponerse de rodillas para levantarse,
> recibe en la espalda el primer sablazo de
> plano.* GOYA *lanza un feroz gruñido; intenta
> zafarse, pero un segundo sablazo lo abate;
> después los dos sables caen y caen, con vivo
> ritmo, sobre su cuerpo, que va encogiéndose
> bajo el dolor.)*

VOZ MASCULINA.—*(En el aire.)* «Para eso habéis
nacido.»

> *(Cuando los* VOLUNTARIOS *que salieron por la
> izquierda retornan trayendo a* LEOCADIA,
> GOYA *no gruñe ya y aguanta en silencio.* LEO-
> CADIA *vuelve desgreñada y despechugada, so-*

*portando risas procaces y torpes caricias. Los
que la traen la obligan a mirar y ella grita.
Uno de ellos pretende besarla y el* SARGENTO
se yergue.)

SARGENTO.—(¡Con la mujer nada, ya os lo he dicho!)

*(*GOYA *perdió fuerzas y, bajo los sablazos,
cae al suelo como una pelota de trapo. El*
SARGENTO *hace una seña. Los* VOLUNTARIOS
*envainan los sables entre risas e improperios.
Uno de ellos corre al sofá y deslía el envol-
torio, mientras el otro incorpora a medias a*
GOYA *y le levanta la cabeza para que mire.
Vuelve su compañero con la tela extendida
y se la muestra a* GOYA: *es un sambenito in-
quisitorial que, en el lugar de las habituales
llamas toscamente pintadas entre las aspas,
ostenta negras siluetas de martillos. Todos
ríen a carcajadas y el aire se puebla de chillidos de murciélagos y lechuzas.* LEOCADIA
gime y farfulla inaudibles súplicas. El SAR-
GENTO *y un* VOLUNTARIO *sostienen a* GOYA
*arrodillado, mientras el portador del sambe-
nito se lo encaja por el cuello. Luego lo alzan
por los sobacos y, medio a rastras, le llevan
a la silla donde dormitó y le sientan.* LEOCA-
DIA *grita y forcejea. Latidos y chillidos de
animales arrecian.)*

VOZ MASCULINA.—*(En el aire.)* «¡No grites, tonta!»
VOZ FEMENINA.—*(En el aire.)* «¡Mejor es holgar!»

*(*GOYA *mira a* LEOCADIA. *El* VOLUNTARIO *volvió al sofá y regresa con una coroza, mientras otros dos de ellos atan las manos del
viejo pintor con una soguilla que aseguran
tras el respaldo, y sus pies, con otra cuerda,
a las patas del asiento.)*

Voz masculina.—*(En el aire.)* «¡Tanto y más!»

(Entre las risotadas de todos, el Voluntario *que trajo la coroza saca de ella una cruz negra de madera, la encaja en las atadas manos del artista y luego le encasqueta la coroza, transformándolo en uno de los penitenciados que él grabó y pintó tantas veces.)*

Voluntario 1.º—(¡A martillazos te romperemos la crisma!)
Voluntario 2.º—(¡A martillazos!)

(Risueño, el Sargento *cruza hacia el sofá, ante la maliciosa mirada del que sujeta a* Leocadia. *Los otros tres se balancean ante* Goya, *canturreando.)*

Voluntarios.

(¡Trágala, perro!
¡Tú, francmasón!
¡Tú que no quieres
Inquisición!)

(Acercándose, lo vociferan en su rostro; luego bailotean en corro y reiteran el Trágala. *Quien la sujetaba lanza a* Leocadia *de un empellón a los pies de* Goya, *y ella queda apoyada en la silla, mirando al viejo a través de sus lágrimas. El* Sargento *hace una seña desde el sofá y los danzantes se reúnen con el otro* Voluntario, *canturreando todavía retazos del* Trágala. *Los chillidos de alimañas se amortiguan poco a poco.)*

Sargento.—*(Acercándose a los cuatro les habla con sigilo.)* (Desvalijad lo que queráis. La casa es vuestra.)
Voluntario 1.º—*(Risueño y sigiloso.)* (¡A las alcobas!)

Voluntario 2.º—*(Lo mismo.)* (¡A la despensa!)
Voluntario 3.º—*(Lo mismo.)* (¡A la cocina!)

(Los Voluntarios 1.º *y* 2.º *salen por la izquierda casi de puntillas; al pasar ante el Saturno uno de ellos le dedica una burlona mueca de fingido temor. Los* Voluntarios 3.º *y* 4.º *salen, entre maliciosos guiños, por la derecha. Los ruidos animales, ya escasos, cesan del todo en este momento.* Goya *mira al* Sargento *y a* Leocadia, *ésta sigue mirando al pintor espantada, y el* Sargento, *sonriente, observa a los dos. Los latidos se vuelven más fuertes y angustiosos. Con sus chispeantes ojos clavados en la mujer, el* Sargento *se descubre con aparente calma y tira el morrión sobre el sofá. Luego empieza a sacarse el tahalí de donde pende su sable. De repente,* Leocadia *nota que ya no hay ruidos en la estancia y levanta sus aterrados ojos sin atreverse a mirar hacia atrás, sintiendo en su espalda la mirada del macho. Los latidos apresuran su ritmo.* Goya *mira fijamente a la mujer. Ella se vuelve despacio y sus desorbitados ojos tropiezan con la sonrisa del* Sargento, *que deja caer al suelo su tahalí.* Leocadia *ahoga un grito, se levanta y corre hacia el fondo, pero el* Sargento *la atrapa brutalmente y, con un beso voraz en la boca, la arrastra hacia el sofá.* Leocadia *forcejea, pero es derribada. El impulso vuelca el sofá y la frenética pareja desaparece tras él. En el mismo instante una tempestad de ruidos estalla. Al latir, que no cesa, se suman de nuevo los chillidos de las alimañas y, con ellos, rebuznos, cacareos, carcajadas, estremecedores alaridos. El pandemónium continúa unos*

segundos y luego se aplaca un tanto, resol-
viéndose en largas oleadas de risas entre las
que descuellan voces diversas.)

VOZ FEMENINA.—*(Irónica.)* «¡Tal para cual!»
VOZ MASCULINA.—*(Indignada.)* «¡No se puede mirar!»

(GOYA *desvía la vista y la pierde en el vacío.)*

VOZ FEMENINA.—«¡Se aprovechan!»
VOCES FEMENINAS.—*(Sobre las risas.)* «¡Y son fieras!
¡Y son fieras!»...
VOZ MASCULINA.—«¡Y no hay remedio!»
VOCES FEMENINAS.—«¡Y son fieras!»...
VOZ MASCULINA.—«¿Por qué?»...

(Chillidos y risas callan. GOYA *vuelve a mi-*
rar tras el sofá volcado. Los latidos cesan
también. En el hondo silencio se oye la voz
de MARIQUITA.)

MARIQUITA.—*(Su voz.)* Me hacen daño... *(El anciano*
escucha, estremecido.) ¿Qué me pasa, don Francho?...
Me aplastan la mano, mi brazo se derrite, mis carnes
se corrompen... Ya no siento las piernas, son un charco
en el suelo...
GOYA.—*(Su voz, en el aire.)* «Murió la verdad.»
MARIQUITA.—*(Su voz.)* Me corre la mejilla algo vis-
coso... Mis ojos estallan y se escurren... No veo... ¡So-
córrame!
GOYA.—*(Su voz, en el aire.)* «¡Divina razón, no dejes
ninguno!»
MARIQUITA.—*(Su voz acusa extraña descomposición.)*
No puedo... hablar. Mi lengua... Mi boca... es pus.

(Silencio. Con inmensa pesadumbre, GOYA
mira de nuevo a la pareja oculta. Una ava-
lancha de alaridos sobreviene; los latidos se
reanudan muy fuertes y rápidos.)

GOYA.—*(Su voz en el aire, muy sonora.)* «¡No hay quien nos socorra!»

> *(La barahúnda llega al máximo. Vase luego aplacando: cesan los gritos, los latidos pierden ritmo y se apagan. Cual si sufriera un desmayo,* GOYA *inclina la cabeza. El silencio reina de nuevo. Las botas del* SARGENTO, *que se entreveían, desaparecen y su figura emerge tras el sofá, mostrando el desorden de sus ropas. Mientras se abotona mira a* GOYA, *que no se mueve. Luego recobra el tahalí, se lo pone, alcanza su morrión y se lo cala. Irónico, da unos pasos hacia el pintor y considera su aspecto; luego se vuelve y lanza una risueña ojeada a la mujer que yace en el suelo. Tentando su ojal vacío cruza ante* GOYA, *se acerca a la mesa y curiosea. Sonriendo, toma una cosa: es el botón de metal. Se lo muestra a* GOYA, *que sigue inmóvil, y se lo guarda, ufano. Su expresión se torna grave; mueve el reloj de la mesa para comprobar la hora y, con paso marcial, se encamina al fondo, dando inaudibles palmadas hacia la izquierda mientras vocifera.)*

SARGENTO.—*(*¡Pascual! ¡Basilio! ¡Os quiero aquí sin tardar! ¡Ya es hora!*) (Nuevas palmadas.) (*¡Aprisa!*) (Segundos después regresan los dos* VOLUNTARIOS. *Uno de ellos trae un cofrecillo de madera y en la otra mano una gran torta de la que come. El otro exhibe, sonriente, un pernil y también mastica algo. El* SARGENTO *abre el cofrecillo y aprueba con un gesto seco. Vuelve al lado de* GOYA, *que apenas abre sus vidriosos ojos, le levanta la cabeza y con la otra mano indica que espere, mientras dice:)* (¡Volveremos!)

> *(Luego sale por la derecha, seguido de los dos* VOLUNTARIOS, *que se codean y señalan,*

*sonrientes, el cuerpo de la mujer. Larga pau-
sa, durante la cual el* Saturno *y la* Judith *se
esfuman despacio.* LEOCADIA *se incorpora
tras el sofá y asoma lentamente, mostrando
sus ropas sueltas y una mejilla amoratada.
Apoyándose en el mueble se levanta y contempla largamente al sambenitado.* GOYA *la
está mirando sin pestañear. El* Aquelarre
aumenta de tamaño. Llorosa y titubeante,
LEOCADIA *avanza unos pasos, pero hay algo
en los ojos del viejo que la obliga a detenerse. No obstante, vuelve a caminar y, a su
lado, se arrodilla y le desata los pies. Luego
se incorpora, le quita la cruz de las manos
para dejarla sobre la mesa, desanuda la cuerda del respaldo y libera sus manos. Acusan-
do el dolor de la espalda,* GOYA *alza sus brazos y desata su mordaza, escupiendo el trapo
de la boca. Después se levanta y ella lo ve
erguido ante sus ojos como un gran fantoche
grotesco. Con airado revés, arroja* GOYA *la
coroza, que rueda por el suelo, y continúa
mirando a la mujer. De pronto corre al fondo, aunque la paliza recibida le hace ren-
quear y quejarse muy quedo.* LEOCADIA *acude para ayudarle a caminar; él se detiene y
la rechaza.)*

GOYA.—[¡No me toques! *(Ella retrocede.)*] Tú los has
traído. *(Ella lo niega muy débilmente.)* ¡Para gozar!

*(*LEOCADIA *vuelve a denegar. Él se abalanza
a la escopeta, la empuña y levanta, trémulo,
el gatillo.)*

LEOCADIA.—*(Asustada.)* (¡Francho!)

*(Retrocede aterrada y tropieza con el sofá
caído. Suspirando de dolor y de rabia,* GOYA

*avanza despacio hacia el frente, sin perderla
de vista. Ella va a girar para mirarlo.)*

GOYA.—¡No te muevas! (LEOCADIA *permanece de espaldas bajo la amenaza.)* Y suplícale a Dios que te perdone. *(Con la escopeta en ristre, la acecha desde el primer término.)* ¿Rezas?

*(Sin volverse, ella asiente. El anciano se echa
la escopeta a la cara.)*

LEOCADIA.—*(Su voz, dolorida y serena, se oye perfectamente.)* Dispara. *(Sin bajar el arma,* GOYA *enarca las
cejas; cree haber oído y aguza su atención. De momento
nada percibe; la voz de la mujer llega después a ráfagas
que a veces se apagan.)* ... Terminaré entregándome a
otros si no me matas... Soy culpable, aunque no sé
quién lo es más... (GOYA *baja poco a poco la escopeta
y continúa fijo en la nuca de la mujer.)* ... Mi pobre
Francho, te he querido... sin entenderte... Tu vivías tras
una muralla y, sin embargo, seguí a tu lado... [Prote-
giendo la casa,] velando por ti, sufriendo mi temor,
que no es el tuyo... Escuchando el galope de caballos
que se alejan sin que ninguno me alce a su grupa...
Acarreo el carbón, alimento a las bestias, mis manos
encallecen, mi cuerpo se marchita... Las noches de sole-
dad, el lecho frío... Escucho los gruñidos de tu desvelo
desde mi alcoba, sabiendo que ya no vendrás, [que ya
no te atreves...] y prefiriéndolo así, porque las escasas
veces que me buscabas ya no sentía a mi lado el toro
que fuiste, sino a un abuelo fatigado... Sola, salvando
a mis hijos y a esta finca y a ti y a mí de tu espantosa
obstinación, que cerraba todas las puertas... *(Comienza
a volverse despacio sin dejar de hablar y se la sigue
oyendo con claridad. Con la cara llena de lágrimas lanza una angustiada mirada a* GOYA *y humilla la cabeza.)*
... He debido tolerar a ese sargento, reír sus procacida-
des, prometerle que... Pues estábamos a su merced...

Y no sé si le he llamado con mi deseo... Dispara. *(Una pausa.)* ¿No te basta?... Una sospecha te atenaza...

> *(GOYA atiende con pasmada fijeza. Se oye una voz en el aire y al punto alza los ojos.)*

VOZ MASCULINA.—«¡No hay quien nos socorra!»

LEOCADIA.—No te mentiré... Él ha sido bestial, me ha golpeado... Y yo... soy una perra ansiosa de sentir. Y he sentido aquí, ante tus ojos..., y he recordado llena de horror y de gozo... nuestros primeros tiempos... Estoy perdida. Pensaba en otros cuando me entregaba a ti, pensaré en ti cuando me entregue a otros. *(Gime.)* Desata este nudo, desata esta vida. Ábreme la puerta que me queda.

> *(Un silencio. El pintor apoya el arma contra la mesa.)*

GOYA.—*(Para sí.)* Nunca sabré qué has dicho. *(Avanza.)* Pero quizá te he comprendido. *(Se detiene en el centro de la escena. Sonríe con tristeza.)* Y a mí también me he comprendido. ¡Qué risa! ¡Comedia de cristobitas! Pasen, damas y caballeros. Deléitense con los celos del cornudo Matusalén y las mañas del arrogante militar... El viejo carcamal amenaza a su joven amante porque no se atreve a disparar contra otros. ¡Así es! ¡Cuando ellos entraron yo no llegué a tiempo a la escopeta porque no quise! Porque no me atreví a llegar a tiempo. ¡Pura comedia!

> *(LEOCADIA estalla en sollozos, corre a su lado y se abraza a él.)*

LEOCADIA.—(¡Francho!)

(Una pausa.)

VOZ MASCULINA.—*(En el aire.)* «¡No hay quien nos desate!»

> *(GOYA se encoge bajo el dolor.)*

LEOCADIA.—(¡Francho, pobre mío, te han destrozado!)
GOYA.—Ayúdame.

(*Apoyado en ella, se dirige a la silla y se sienta ahogando quejidos.*)

LEOCADIA.—(Francho, échate en tu cama. Te curaré...)

(*Intenta despojarle del sambenito y él se opone.*)

GOYA.—No estoy herido. Golpeaban de plano... (*Ella traza rápidos signos.*) No, no. Ya sólo queda pudrirse, mientras se pintan podredumbres. (*Ella le pone una mano en el hombro y lo mira, temerosa por el extravío de sus ojos. Él murmura, incoherente.* LEOCADIA *atiende hacia la derecha.*) «Lo mismo en otras partes... Así sucedió... Siempre sucede.»

(*Cautelosa y amedrentada, asoma, entre tanto,* GUMERSINDA *por la derecha, trayendo un bolso con provisiones.*)

GUMERSINDA.—(¿Qué ha pasado?...)
LEOCADIA.—(Los voluntarios realistas.)

(GUMERSINDA *ahoga un grito.*)

GOYA.—¿Quién es?... (GUMERSINDA *deja el bolso en un asiento y avanza sin creer en lo que ve. Al cerciorarse de que el sambenitado es su suegro se desata en aspavientos y gritos.*) ¿Tú, Gumersinda? [¿Traías aguinaldos para mañana? Ya no habrá fiesta. (*Ríe.*) Vendrían los lobos y nos devorarían para que no cantásemos villancicos. He de irme porque van a volver. Lo han dicho.]
GUMERSINDA.—(¡Ayúdeme a quitarle este horror!)

(*Pretende sacarle el sambenito y él se resiste.*)

GOYA.—Quieta. Ellos no quieren que me lo quite y debo ser sumiso. (¿*Desvaría? ¿Se burla?*) Le rogaré a Vicente López que me dé clases de pintura... Y a ti, Gumersinda... (*Atónita, su nuera ha retrocedido unos pasos. Cree que enloquece y grita.*) ¡No grites! Acércate.

(GUMERSINDA *se acerca reprimiendo gemidos.*) Quiero rogarte que me lleves con mi hijo y mi nieto. Si me quedo aquí, me destrozarán el cráneo a martillazos.

> (GUMERSINDA, *denegando repetidas veces, torna a gritar.*)

GUMERSINDA.—*(Denegando.)* (¡No puede usted ir allá!)
GOYA. — *(Levantándose con esfuerzo.)* ¿Me niegas asilo?
GUMERSINDA.—*(Separa los brazos, los une en súplica.)* (¡Nos apalearán a todos! ¡Allá no puede ir! ¡Allá no, compréndalo! ¡No! ¡No!)

> *(Y vuelve a gritar, histérica.)*

GOYA.—*(Entretanto.)* ¡Es la casa de mi hijo, y yo os la cedí, como os he cedido esta finca! *(Su voz ha ganado fuerza; está irritado.)* ¡Te pido que me salves! ¡Y no me grites! (Ante las desaforadas negativas de su nuera profiere con fuerza.) ¡¡Cállate!! (Y la abofetea. GUMERSINDA se traga el aliento y enmudece al punto. Luego lloriquea en silencio y se aparta. GOYA se domina y sonríe tristemente.) De nuevo la cólera contra quien la puedo usar. Otra vez la comedia. No valgo más que esos rufianes. (Pausa.) ¿Qué han hecho de mí, Leocadia? (Para sí.) ¿Qué he hecho yo de mí?

> (LEOCADIA *le toca el brazo, inquieta, mirando a la derecha.* GUMERSINDA *mira también, alarmada. El padre* DUASO *y el doctor* ARRIETA *entran precipitadamente y, de un vistazo, comprenden lo ocurrido.*)

ARRIETA.—(¡Tarde!)

> *(A* DUASO *se le nubla la frente.)*

DUASO.—(Ayúdeme, doctor.)

> *(Se dispone a despojar a* GOYA *del sambenito.)*

GOYA.—¡No, no!

Duaso.—*(Enérgico.)* (¡Sí!)

(Entre el doctor y él le quitan el sambenito, que Duaso *arroja al suelo con despecho.* Goya *se lleva una mano al hombro dolorido.)*

Arrieta.—*(A* Leocadia.) (¿Lo han golpeado?)

*(*Leocadia *asiente.* Arrieta *toca la frente del pintor y traza rápidos signos.)*

Goya.—Puedo sostenerme. [Daban con los sables de plano.] Aunque ya soy viejo... *(Con inmensa melancolía.)* Sí. Ya no soy más que un viejecico engullesopas. Un anciano al borde del sepulcro... (Arrieta *deniega.)* Un país al borde del sepulcro... cuya razón sueña... *(Perplejidad de todos.)* ¿Eh?... No sé qué me digo. Padre Duaso, cumplí muchos años...

Voz masculina.—*(En el aire, muy suave.)* «Si amanece, nos vamos.»

Goya.—*(Que la ha oído.)* Vea ese sambenito. Volverán con martillos. *(Se aferra a la sotana de* Duaso. *Disimulando mal su disgusto,* Duaso *le toma de la mano y lo conduce a la mesa, donde escribe.)* Usted manda y yo obedezco. Iré a su casa. (Gumersinda *corre junto al padre* Duaso *y le besa la mano, mascullando confusas palabras,* Duaso *corta sus efusiones con gravedad y escribe.)* Se lo permito. Cuando lo crea prudente ruegue en mi nombre a Su Majestad que me perdone... (Duaso *baja los turbados ojos. Una melancólica mirada se cruza entre* Goya *y* Arrieta.) ... Y que me dé su venia para tomar en Francia las aguas de Plombières.

(Bajo el peso de la aborrecible misión que ahora concluye, Duaso *asiente sin alegría.* Arrieta *se aparta, sombrío.)*

Voz femenina.—*(En el aire, muy suave.)* «Si amanece, nos vamos.»

Goya.—*(Que la ha oído.)* Leocadia, hemos de separarnos por algún tiempo. Te ruego que dispongas un atado

con mis pinturas, mis carpetas, mis planchas... Llevarás
lo mío a casa del padre Duaso. Y después vete a casa
de Tiburcio Pérez, con tus hijos. Dile que el viejo Goya
le desea una feliz Navidad y le suplica un rincón para
ti. (LEOCADIA *asiente*. [*A* GUMERSINDA.) Dile a mi Paco
que aquí quedan los animales... Que se haga cargo de
ellos... (DUASO *le toca un brazo y deniega*. ARRIETA *deniega también, pesaroso*.) ¿No? (DUASO *escribe*.) No,
Gumersinda. Esos monstruos han matado a los caballos
y a los perros... Los gatos habrán escapado y maullarán
por ahí esta noche, cuando ya no estemos...] Padre Duaso, si yo tardase en reunirme con esta pobre mujer, le
pido que vele por ella. No tolere que la atropellen... por
mi culpa.

> (LEOCADIA *se aparta, conmovida*. DUASO *y*
> ARRIETA *la observan con intrigados y espan-
> tados ojos*. DUASO *asiente*.)

VOZ MASCULINA.—(*En el aire*.) Yo sé que un hombre
termina ahora un bordado...

GOYA.—(*Abstraído*.) Y dice... Me ha salido perfecto...
(ARRIETA *se acerca*. GOYA *lo mira*.) ¿Qué he dicho?...

VOZ MASCULINA.—(*En el aire*.) ¿Quién nos causa
miedo?

GOYA.—El que está muerto de miedo... Un gran miedo en mi vientre. Me han vencido. Pero él ya estaba
vencido.

DUASO.—(*Lo toma con suavidad del brazo*.) (¿Vamos?)

GOYA.—Sí, sí. Usted me manda. [Vámonos.]

> (*Caminan*.)

VOCES MASCULINA Y FEMENINA.—(*En el aire*.) «Si amanece, nos vamos.»

GOYA.—(*Se detiene*.) ¿Amanecerá?

VOCES MASCULINA Y FEMENINA.—(*Más fuertes*.) «Si
amanece, nos vamos.»

> (*Otros murmullos se suman; vocecitas de am-
> bos sexos que repiten, como un flujo y reflujo
> de olas*.)

Voces.—«¡Si amanece, nos vamos! ¡Si amanece, nos vamos!»...

Goya.—¿Vendrán los voladores? *(El coro de voces aumenta.)* Y si vienen, ¿no nos apalearán como a perros? *(Risita.)* ¡Los perros de Asmodea!

> *(Arrieta va a su lado y lo toma del otro brazo.)*

Arrieta.—(Vamos, don Francisco.)

> *(Dan unos pasos. Goya se detiene, se desprende de sus amigos y se acerca a Leocadia. Las voces se multiplican. Goya aproxima su rostro al de ella. Las dos miradas se cruzan por unos instantes: empavorecida y expectante la de ella, terriblemente escrutadora la del pintor.)*

Goya.—Nunca sabré.

> *(Duaso lo toma suavemente. Él gira y lanza una ojeada circular de despedida a las pinturas. Contemplándolas, una extraña sonrisa le calma el rostro. Luego se apoya en sus amigos y se encamina a la derecha. Gumersinda se suma al grupo y articula, humilde, palabras de confortación. Van a salir todos y Leocadia, en el centro de la escena, ve alejarse al anciano pintor con una dolorosa y misteriosa mirada.)*

Voces.—«¡Si amanece, nos vamos!»

> *(Repitiendo y repitiendo la frase, la confusión de voces avanza como un huracán sobre la sala entera, al tiempo que se va la luz y brilla en el fondo, bajo la ensordecedora algarabía, la agigantada pintura del Aquelarre.)*

TELÓN

ÍNDICE DE AUTORES

DE LA

COLECCIÓN AUSTRAL

INDICE DE AUTORES